JN047248

無限の中心で
まはら三桃
講談社

無限の中心で

装画　オザワミカ
装丁　坂川朱音

1

インフィニティ総合学園高等部は、地元の人たちから「ゴン高」と呼ばれている。命名の由来は、学校全体を真上から見ればわかる。六つの校舎が六角形を形成しているからだ。

六角形は、英語でヘキサゴン。

開校時にはこんなことはなかった。三十年前に創立した当初は、「インフィニティ高校」と呼ばれていた。

無限は、英語でインフィニティ。

その名のとおりインフィニティ総合学園高等部は、普通科《ふつうか》文系、普通科理系、スポーツ科、芸術科（音楽コース、美術コース、演劇コース）、工業科、商業科と、それぞれの分野の無限の可能性を求めて創設された。

「ゴン高」と呼ばれはじめたのは、およそ十年くらい前からだ。ちょうどそのころ高校の周りに、タワーマンションがぞくぞくと建ちはじめた。つまり、マンションの上層階の住人たちが学校を上から眺《なが》めるようになった。その住人の中に、校舎が六角形をなしていることに気がついた人がいたのだろう。

「ヘキサゴンだ」

その気づきは、「インフィニティ」を「ゴン」に変化させるだけのパワーがあった。噂《うわさ》もあだ名も悪いほうが通りがよい。

インフィニティ総合学園高等部二年の、野崎《のざき》とわは、この呼び名に大いに不満を持っていた。学校名を聞かれて答え、「ゴン高ね」と返されると、小ばかにされている気がする。もしくは新美南吉《にいみなんきち》の童話を思い出して、切ない気分にもなる。いたずら好きの「ごん」には優《やさ》しいところもあるけれど、不憫《ふびん》な最期《さいご》を遂《と》げた。あれは浮《う》かばれない話だと、とわは思う。

自分が通っているのは、あくまでインフィニティ総合学園高等部だ。インフィニティ。なんて上品で軽《かろ》やかな耳触《みみざわ》り。

とわは、今、中央棟《とう》に向かって歩いている。足取りは重い。

六角形を作る六つの校舎の真ん中には、中央棟と呼ばれる校舎がある。とわの教室がある普通《ふつう》科《か》文系の校舎から中央棟に行くには、まず渡《わた》り廊下《ろうか》で隣《となり》の普通科理系コースの校舎へ渡り、さらにまたそこから中央に延《の》びる渡り廊下を渡らなくてはならない。

校舎は中央棟を中心として、南西方向から時計回りに、普通科文系、普通科理系、工業科、商業科、芸術科、スポーツ科となっており、それぞれの校舎が渡り廊下でつながっているのだが、普通科文系とスポーツ科の間には渡り廊下がない。

さらに中央棟《とう》からは、これまた普通科《ふつうか》文系とスポーツ科をのぞいて、放射線状に四本の渡《わた》り廊《ろう》下《か》が延《の》びている。だから、普通科文系とスポーツ科は直接行き来することができないし、中央棟に行くにも、二つの教室からがいちばん遠い。

どうしてそんな構造になっているのかというと、普通科文系とスポーツ科の校舎の間に正面玄《げん》関《かん》があるからだ。玄関に充分《じゅうぶん》な陽光を取り入れるためには、頭上の渡り廊下は邪魔《じゃま》なのだ。陽光は、無限に広がる宇宙からの贈《おく》り物《もの》。

おかげで普通科文系とスポーツ科の生徒は、ほかの校舎への移動に時間がかかる。

歩きながらとわは、つぶやいた。

「校舎が四つだったらよかったのに」

四角形は、英語でスクエア。

スクエアならば、不本意なあだ名がつくことはなかっただろうし、移動も楽だったはずだ。ちなみに五つなら、運動量は少しは減るがあだ名は変わらない。

五角形は、英語でペンタゴン。

二階にある普通科文系二年生のフロアから普通科理系二年生のフロアへ渡り、中央棟への廊下を渡り終えたところで、とわは、ため息をついた。ここまで来ただけでぐったりだ。

足取りを重たくしている原因は、遠いことだけではない。これから向かうところが、全然気が進まない場所だからだ。とわは、階段を見上げた。一階分が果てしなく長く見えた。

階段は中央棟《とう》の中心にある。吹《ふ》き抜《ぬ》けの明るい階段で広々としている。校舎にはエレベーターもついているが、基本的に生徒は使用禁止だ。

あーあ。

三階まで来たとわは、あたりをきょろきょろと見回した。

「木曜日に新聞部の部室にお願いね。中央棟３０７教室」

芸術科美術コースに通う前田美織《まえだみおり》に頼《たの》まれたのは月曜日のことだった。小学校の同級生だった美織が、はるばる渡《わた》り廊下《ろうか》を三本も経て訪ねてきたときは何事かと思ったが、案の定、思いもよらぬことだった。

「新聞部の助《すけ》っ人《と》をお願いできないかな」

久しぶりに会った美織は言った。

「新聞部？」

「そう。とわちゃん国語得意でしょ」

「得意っていうか、好きだけど」

というよりも、とわには国語しか好きな教科がない。だから文系のクラスにいる。

「記者が足りなくて困ってんのよ。この時期、校内の行事が重なっているうえに、急にやめちゃった部員が出て」

切羽詰《せっぱつ》まった様子で訴《うった》えた。美織は美術コースにいるが、振《ふ》る舞《ま》いがちょっと演劇っぽかった。そしてそれを強調するような派手めの容姿をしていた。

「だから急遽《きゅうきょ》、文章の得意な人に当たってるのよ。確か、とわちゃん小学校のとき、すごい賞をもらってたよね。〝子ども絵本大会〟みたいなやつで。なんとか大臣賞的な」

美織は文脈に合わせて、ビューラーで跳《は》ねさせたまつげをぱちぱちとまたたかせたが、感情がこもっているにしては、内容は適当だった。

「全国小学生物語コンクール、県知事賞」

コンクールと賞の正式名称《めいしょう》を答えると、

「ああ、それそれ」

美織は、内巻きにカールさせた髪《かみ》を揺《ゆ》すってうなずいた。

「だから大丈夫《だいじょうぶ》よね。お願いしまーす」

あっさり決定させようとする美織に、とわは慌《あわ》てて首を振った。

「それはちょっと無理」

もちろん断った。とわは、面倒《めんどう》なことには手を出さない主義なのだ。モットーは、「君子《くんし》危《あや》うきに近寄らず」だ。

「新聞記事なんか書いたことないもん」

「大丈夫《だいじょうぶ》だって。日本語さえ書ければいけるんだから。文章上手なとわちゃんには、記事なんて楽勝よ」

美織は、コックさんにおける目玉焼きくらいの調子で言った。

「そんな簡単に」

文章を書くのは嫌《きら》いではないけれど、新聞の記事など書いたことがない。フィクションである物語と新聞とでは書き方が全然違《ちが》うはずだ。

「だって、5W1Hとかでしょ」

新聞の書き方は、国語の授業でもあったので、うっすら覚えていた。When、Where、Who、What、Why。いつ、どこで、誰《だれ》が、何を、どうして、の五つのWと、ひとつのH。How、どのように。この要素を記事の早い段階で入れなければならないらしい。

だからそう言うと、美織は外国人がするように両腕《りょううで》を軽く持ちあげて肩《かた》をすくめた。

「もう。とわちゃんったら、あいかわらず真面目」

そっちは適当すぎなのよ。

とわは、言葉を飲《の》み込《こ》んだ。

コンクールや賞の名前だって間違っていたし、そもそも物の頼《たの》み方《かた》が、一方的で雑すぎる。こんないいかげんな人が、新聞なんて作っていいのか。

するとは美織は心を見透《みす》かしたかのごとく、たてた人差し指を三度ほど振《ふ》った。

「そんな難しく考えなくたって大丈夫《だいじょうぶ》だってば。記事といっても、とわちゃんに頼むのは行事物だから。行事物には特集なんかとは違《ちが》って定型があるの。だからもちろん5W1Hも織り込み済み。最悪、去年の記事の日にちと人の名前だけ変えればいいから」

「え〜」

それでもなお難色を示すと、今度は情に訴《うった》えてきた。

「困ってるの。お願いします。このとおり」

胸の前で手を組み、神妙《しんみょう》な顔を作ってみせる。

結局この、拝《おが》み倒《たお》しに押《お》し切《き》られる形となって、とわは今、新聞部の部室に向かっているのだった。

正面玄関《げんかん》のある中央棟《とう》には、各学科に共通して関係のある教室がある。一階の昇降口を入ると、事務室と職員室、校長室、保健室、応接室などが並び、二階には、進路、生活などの各種指導室がある。三階は各部活動の教室、四階は音楽室や理科室、美術室などの特別教室で、最上階の五階は、学食と図書室とカウンセラー室になっている。

「303、304、305……」

階段をのぼってすぐの３０３教室から、数字を確認《かくにん》しながら、とわは、時計回りに教室の前を歩いた。高校に入ってからは部活動をしていないので、三階に来るのは初めてに近かった。入学当初、一度文芸部に見学に来たけれど、先輩《せんぱい》たちの会話の端々《はしばし》から、「シェークスピア」だの「ガルシア＝マルケス」だのの名前が聞こえて、恐《おそ》れ入《い》ってしまった。とわが好きなのは児童文学なのだ。

「３０７」

該当《がいとう》教室の前まで来た。

ここだよね。

扉《とびら》はあいていたが、人のいる気配はなかった。

「あの〜」

扉からのぞいてみると、やはり無人なようだが、黒板の隅《すみ》に自分の名前を発見した。

〝野崎とわさま〟

「はい」

出席を取られた気分で、とわは中に入り、黒板に近づく。

〝野崎とわさま〟の下には、〝机の上を見て！　前田美織〟とメッセージが続いていた。

机の上を確かめる。

「あ、これだ」

長い机が三つ、部屋の中央に集められていて、その一角にペーパーウェイトが載《の》せられた、置き手紙と新聞部の腕章《わんしょう》が置いてあった。置き手紙には、

〝L2-3野崎とわさま。数学オリンピックの取材をお願いします。303教室の数学研究部へ行ってください。適当に部活風景を取材して、スマホで写真も撮《と》ってきてね。下に去年の記事あり。腕章つけていってね。ごめん、よろしく。〟

手紙の下には、新聞部の腕章と共に去年の新聞が置いてあって、〝数学オリンピック〟の記事に赤丸がつけてあった。

丸投げ～？

走り書きのメモのような手紙に困惑《こんわく》したとわだが、もう一度黒板に目をやって、ひそめた眉間《みけん》を緩《ゆる》めた。そこには部員らしき人の名前と、行き先と目的が書いてあったのだ。しかもひとりにつき、行き先は複数。美織の行き先は、中庭（花いっぱい運動花壇《かだん》写真）、ひまわり商店街《しょうてんがい》（ちょうちん祭《まつ》り取材）、Q大進学会（広告取り）と、書いてあった。

「めっちゃ忙《いそが》しそう」

てんてこ舞《ま》いが目に見えるようだった。部員たちの活動範囲《はんい》は、学校内にとどまっていない。スポーツ部の練習グラウンド、地域の取材、そのうえ営業活動もしているようだ。これでは素人《しろうと》

に丸投げされても文句は言えない気分にもなる。

「仕方ないなあ」

話しかける人もいないので、先ほどから四回目になるひとり言と共にため息をつき、とわは、307教室を出た。歩きながらもう一度メモを読む。

「適当にって」

五回目のひとり言は、かすれ声になった。やらなければならないことは理解したが、スタンダードな取材方法もわからないのに、どう取りかかればいいというのだろう。そもそも数学研究部の活動自体、想像がつかない。

「よりによって」

六回目はいっそ泣きたい気持ちになった。

数学は、とわのいちばん苦手な科目なのだ。これまでさんざん泣かされてきた。

数学の問題を考えているとき、とわには真っ白な空白が見えてしまうことがある。きっと脳にあるはずの数学用の思考回路がないのだと思う。

これから向かうのは、そんな自分の欠落部分を研究している人たちのところだ。

土嚢《どのう》を詰《つ》めたような心で、今来た道を逆向きに303教室の前まで戻《もど》る。あけっぱなしの扉《とびら》からまず声をかけてみた。

「すみませーん」

遠慮《えんりょ》がちに言って、中をのぞく。３０３教室はこぢんまりとした教室だった。普通《ふつう》の教室の三分の一くらいのスペースに長机が横に三つと、それぞれにいすが三脚《きゃく》ずつ置いてある。教室の前後の壁《かべ》には、移動式の黒板があって、前方の黒板の前には教卓《きょうたく》があった。

あ、人だ。

そこに男子がひとりいた。ちょっと変わった制服の着方をしていた。涼《すず》しくなってきたというのに、上着のジャケットは着ておらず、長袖《ながそで》シャツの袖《そで》はひじの上までまくりあげ、ズボンの裾《すそ》もひざのあたりで折りかえしている。さらにソックスもはいていない。インフィニティ高校の上ばきはサンダルなので、素足でも違和感《いわかん》はないが、もう十月だ。

その男子が、腕組《うでぐ》みをして教卓の上を見つめている。食い入るような前のめりで、とわにはまったく気づいていないらしい。

「すみませ」

とわが、もう少し大きな声を出しかけたときだった。

「あったのか？」

背後からもっと大きな声がした。振《ふ》り向《む》くと、眼鏡をかけた男子が立っていた。

「ああ」

思案していた男子が顔をあげてうなずき、やってきた男子はとわを追《お》い越《こ》して、教卓《きょうたく》に近づいた。

「おお」

「すごいだろ」

「ああ」

「やばいよな」

二人のやり取りには、主語や述語がないせいで内容はつかめないが、教卓の上にある何かに強く反応していることはわかった。驚《おどろ》きとも畏怖《いふ》ともつかぬ表情を浮《う》かべている。

なんだろう。

とわは、つい一歩踏《ふ》み出《だ》した。と、その一歩が背後から勢いよく追い越された。

「失礼しまっす」

「わあ」

風がびゅっと吹《ふ》いたみたいで、吹き飛ばされそうになったが、入ってきたのは風ではなく、お相撲《すもう》さんみたいな男子だった。大柄《おおがら》な男子は、吹き飛ばしかけたとわに「すみませんっ」と礼儀《れいぎ》正《ただ》しく言いながらも教卓に突進《とっしん》していった。

「あったっすか」

先に来ていた二人に駆《か》け寄《よ》る。

「おお、見てみろよ」

「今回はグレードアップだね」

すると二人も興奮を分かちあうように応じ、いっそう盛りあがった。とわなど目に入っていないようだ。

「……あの」

とわが、もう一度呼びかけると、やっと三人は顔を入り口に向けた。さすがに声の主《ぬし》には気がついたらしい。だが、興味は教卓《きょうたく》の上に残したままらしく、石っころでも見るような顔だ。

「あ、あの、すみません。新聞部、なんですけど」

早口で言うと、素足《すあし》の男子が警戒《けいかい》するように目を細めた。

「新聞部？」

「あ、はい、数学」

オリンピックの取材で、と続けかけたが、眼鏡の男子が言葉をかぶせてきた。

「どこからもれたかな？」

「え？」

「木曜日のミステリーのことっすね？」

なんのことかわからないとわに、最後にやってきた大柄《おおがら》の男子が尋《たず》ねた。

「木曜日のミステリー？」

「オリンピック」まで言えなかった口で質問を返すと、素足《すあし》男子が教えてくれた。

「そう。夏休み明けからなんだよ。数学研究部の活動は月、木なんだけど、木曜日の部活日には必ず解いた問題が置いてあるんだ」

「最初は偶然《ぐうぜん》だったんだ。月曜日に解きかけの問題を忘れて帰ったら、木曜日に解いてあった。部員の誰《だれ》かがやったのかと思って聞いてみたけど、ここにいるみんな、心当たりがなかった」

眼鏡の男子が続けた。

説明されてもなんのことだかわからなかったが、とわは、ともかく男子たちをひとりずつ確認《かくにん》してみた。

最初からいた素足男子のシャツの胸ポケットにＳＳ２のバッジがついているので、理系スーパー特進コースの二年生らしい。

インフィニティ総合学園高等部の普通科《ふつうか》は、理系にだけスーパー特進コースが設けられている。国のスーパーサイエンスハイスクールの指定を受けた高度な授業が行われるコースで、各学年ひとクラスずつある。

着こなしの奇妙《きみょう》さにばかり目が行って気がつかなかったが、男子は目元が涼《すず》しげでさわやかな顔立ちだ。

　次に来た男子のバッジはAM2となっているので芸術科音楽コースの二年生だ。長めのさらさらヘアで眼鏡をかけている。少し繊細《せんさい》そうで、いかにもクラシックを好みそうな感じだ。

「僕《ぼく》ならもっとスマートな解き方をするけどね」

　音楽男子が、ロン毛をかきあげながら言うと、大柄《おおがら》男子が答えた。

「がむしゃらっすもんね。自分も手で書いて正解を見つけるほうっすけど、これは手数がやたらと多い」

　襟《えり》のバッジはSS1。理系スーパー特進コースの一年生。

「しかしインパクトのある解答なんだ。おれは引きつけられたな。これをやった奴《やつ》に会いたいと思った。それで誘導《ゆうどう》してみることにした。その日はわざと解きかけの問題を残して帰ってみたんだ。でも次の月曜日はそのままだったんだよな」

　素足《すあし》男子が話を戻《もど》すと、音楽男子が肩《かた》をすくめた。

「あのときはがっかりしたね。叩《たた》いた鍵盤《けんばん》から音が出なかったような気分だったよ」

「でもこんなときこそ辛抱《しんぼう》我慢《がまん》っす。いったん始めたなら、粘《ねば》り強《づよ》くやらなければ。だから念のため、その日ももう一度同じことをやってみました」

　大柄男子がもうひとつきするように手を突《つ》き出《だ》すと、

「そしたら木曜日に解いた解答用紙が置いてあったんだよな」

さも嬉《うれ》しそうにほかの二人が声を揃《そろ》え、「イエーイ」と三人はハイタッチをした。難問を正解したかのようだった。

「で、それ以来、木曜日に部活に来ると同じ現象が起きているんだ。今日が十月三日だから、これで五回目」

「へえ」

素足《すあし》男子が嬉しそうに言ったところで、とわはやっと声を出した。確かに不思議なことが起きている。

三人の話をまとめると、部員たちが解き残した問題を、部外者の誰《だれ》かが解き、木曜日にだけ置いていっていることになった。それはなかなか興味を惹《ひ》かれるミステリーだ。

「へえって、その取材じゃなかったの？」

「あ、ああ。取材は、えーっとなんだっけ。数学オリンピックなんですけど」

しかし、その木曜日のミステリーのほうが断然気になる。三人の男子が囲んでいる解答用紙を遠慮《えんりょ》がちに見ているると、

「あら、またあったの」

ふいに女の人のハスキーな声がした。振《ふ》り向《む》いて、とわは一瞬《いっしゅん》、我《わ》が目《め》を疑った。

誰《だれ》？

声の主《ぬし》は大人の女性だった。

普通《ふつう》、生徒ばかりの学校に大人が現れたら、多くの場合教師だが、断定できなかったのは、その女性はとわが認識《にんしき》する先生像とはかけ離《はな》れていたからだ。

女性は、黒いニットを着て黒いスリムなジーンズをはいていた。決して露出《ろしゅつ》は多くはないが、シンプルゆえに逆にフォルムが強調されている。豊かで丸みのある胸とお尻《しり》、くびれたウエストとすんなり伸《の》びた細い脚《あし》。そのうえメイクもしっかりしていた。唇《くちびる》はあくまでも赤くつややかで、眉《まゆ》は剃刀《かみそり》の刃《は》のようにシャープ、エクステが施《ほどこ》されたまつげは、頬骨《ほおぼね》に影《かげ》を作るほど長い。そして背中まである栗色《くりいろ》の豊かな髪《かみ》は、緩《ゆる》やかにカーブしていた。これまでとわが出会ってきた教師とはイメージがだいぶ違《ちが》った。

いぶかしんでいると、女性はすっと手を伸ばし、赤いネイルが塗《ぬ》られた指先に解答用紙を挟《はさ》んだ。

「いつもながらにすごい迫力《はくりょく》ね。ブルドーザーが岩でも掘《ほ》り起《お》こしている感じ」

宝石でも眺《なが》めるみたいにうっとりと目を細める。やがて、その視線をふっとあげた。そして、小首を傾《かし》げてとわに尋《たず》ねた。

「あなたはどなた？」

あなたこそどなたです？
とわは、口の中だけでそう問うた。

2

やはりというか、まさかというか、ともかく女性は先生だった。理系スーパー特進コースの数学担当教師。名前は、志村朝《しむらあさ》。年齢不詳《ねんれいふしょう》。朝というより、ミッドナイトの雰囲気《ふんいき》だが、早朝に生まれたことが名前の由来だという。

「野崎《のざき》とわです」

とわも、新聞部の腕章《わんしょう》を示し、取材の申し入れと共に自己紹介《じこしょうかい》をすると、

「とわさん。いいお名前ね。とわ、すなわち永遠《えいえん》。数学の命題や哲学《てつがく》のイデアのように、無時間的に存在する真理の性格」

と、吐息《といき》の分量が多い声で言った。そして、黒板にたてかけてあった銀色の指示棒を手に取った。

「いい記事書いてちょうだいよ。もっと部員が欲《ほ》しいのよ。ごらんのとおり、たった三人しかいないんだから」

指示棒をキューっと伸《の》ばす。数学研究部の部員は、この男子三人のほかはいないらしい。

「数学の世界は、ほんとに地味なのよ」

決して地味とは言えないいでたちをした朝先生は、シャープに描《えが》いた眉《まゆ》を八の字にした。

「どこの学校もそうらしいけど、なかなか将来、純粋《じゅんすい》数学の研究をしようって生徒がいないのよ。同じ理系でも、医学部とか建築学部とかは人気があるけど、数学科は今ひとつなの。ほら、純粋数学はなんの役にもたたない学問でしょ」

同意を求められたが、とわには意外だ。

「え？　数学っていちばん役にたつんじゃないですか？　買い物のときおつりを考えたり、割引の計算をするにも便利だし、あと、割《わ》り勘《かん》とかも」

だって身の回りは数字にあふれている。時間や距離《きょり》や物の大きさや値段……。数字は生活のベースだ。あらゆる場面に登場し、物の尺度や履歴《りれき》や価値を言いかえる。わかりやすくもあるが、そのたびにとわは、うろたえてしまう。

するると朝先生はうっすらと笑った。

「それは数学ではなくて、算数ね。算数と数学は全然違《ちが》うのよ。算数が日常の混沌《こんとん》を整理するために作られた学問だとすれば、数学は、言ってみれば永遠の真理を追究する学問。あるいは普遍《ふへん》を証明する学問。まったく途方《とほう》もない挑戦《ちょうせん》だけど、残念なのはそんなものを解明したところで、日常生活には直接役にたたないってことなの。それどころか多くの人には理解もできない。なのに、そんな報《むく》われないことを数学者たちは紀元前からずうっとやってるのよ」

朝先生は指示棒を回しながら、ゆっくりと言った。

「……ほーっ」

円を描《えが》く棒の先を見ていると、頭の中に銀河系の渦巻《うずま》きがぐるぐる回り出して、とわは、ぼうっとしてしまったが、次のひとことで、はっと我に返った。

「それに数学者は割《わ》り勘《かん》が苦手よ。どんぶり勘定は数学者あるあるよ」

「なんで」

「数学者は意外と経済にはうといの」

「…………」

ぐるぐるが、今度は逆回転を始めた。それなら、本当に役にたたないではないか。

「まあともかく。せっかくだからじっくり取材してちょうだい。少しでも多くの人に数研の存在を広めてほしいから。なんならこれから数学オリンピックまで潜入《せんにゅう》取材してもいいわよ」

「い、いえそれは」

そこは強くお断りしたいところだ。何しろ自分は今日だけの助《すけ》っ人《と》で、今年の数学オリンピックの日程を聞き、写真を撮《と》るだけの約束なのだ。けれども朝先生はとわの意向もかまわず、壁《かべ》の書棚《しょだな》からファイルを取り出してきた。

「これが今度のオリンピックの資料ね。詳《くわ》しいことはここに書いてあるから、参考にしてください」

「あ、ありがとうございます」

「それからこれが今日の問題。今日は2010年の問題を解いたものを、部員にそれぞれ発表してもらいます」

受け取った資料の上にひらりとプリントが載《の》せられた。〝数学オリンピック問題〟と書いてある。

「今日の発表を聞いていて、何か疑問とかひらめいたことがあったら、とわさんもじゃんじゃん発言してね」

「いや、そんな」

滅相《めっそう》もない。というか、ひらめくわけがない。だいたい発表なんか聞く気がない。

とわはびくついたが、朝先生は微笑《ほほえ》みと共に、ハスキーボイスを響《ひび》かせた。

「みなさん、新聞部のとわさんに自己紹介《じこしょうかい》をしてください。いい機会だから数学の魅力《みりょく》を充分《じゅうぶん》にアピールしてくださいね。とわさん、好きな所に座《すわ》ってね」

「あ、はい」

すすめられて、とわは廊下《ろうか》に近い、いちばんうしろの席に着座した。用が済んだら速《すみ》やかに退出できるポジションだ。

まず自己紹介《じこしょうかい》に立ったのは、素足《すあし》男子だった。

「一瀬在《いちのせあり》です。SSクラス二年生で、数学研究部では部長をやっています」

在は、涼《すず》しげな目元を細めて言った。

「数学オリンピックには今年もチャレンジしましたが、予選で敗退しました。来年は国内の本選もクリアして、ぜひロシアに行きたいと思っています」

ロシア？

思いもよらない国名が登場して、とわは軽く驚《おどろ》いた。渡《わた》されたファイルをめくると、ロシアはすぐに目に飛《と》び込《こ》んできた。来年の国際数学オリンピックの開催地《かいさいち》である。世界大会の会場は各国の持ち回りで、世界中から数学の猛者《もさ》が集まるという。しかも、四年に一度どころか毎年の開催だ。

本家のオリンピックよりすごいじゃない。

素足男子の在が今年敗退した予選は、資料によると全国各地で成人の日に行われ、本選は建国記念日に行われる。その本選を勝ちあがった選ばれし者が、春の合宿を経て最終的に六名にしぼられて、世界大会に出場することになっている。

すごいんだけど。

同じ高校に通っていながら、こんなにスケールの大きなことに挑《いど》んでいる生徒がいることを、とわは、知りもしなかった。

「報《むく》われない」

これでは朝先生が嘆《なげ》いていたのも少しわかる。確かに運動部に比べたら、割を食っている気がした。

たとえば野球部。インフィニティ総合学園高等部は野球部が有名で、圧倒的《あっとうてき》な存在感を誇《ほこ》っている。部員数しかり、施設《しせつ》しかり。吹奏楽部《すいそうがくぶ》やチア部も応援《おうえん》のために練習をしているようなものだし、一般《いっぱん》の生徒も市内のベスト8《エイト》以上を決める試合からは、全校応援に駆《か》り出《だ》される。ほかにも最近勢力を増しているのがサッカー部とラグビー部で、県外からも特待生が入学している。

それに比べると気の毒なくらい地味だ。同情していると、音楽男子が立ちあがった。

「芸術科音楽コース二年生の桐原響《きりはらひびき》です。僕《ぼく》の人生のテーマは美しさと調和です」

人生のテーマ。

考えたこともない概念《がいねん》に、今度はぽかんとしてしまった。響はさらさらの前髪《まえがみ》をかきあげて続けた。

「音楽は美しい。数学も美しい。音楽と数学を通して、世界の美と調和を探求していく旅を続けていきたいと思っています」

美と調和を探求する旅。

とわは、響の言葉を反芻《はんすう》した。読書好きな身としては、素敵《すてき》なフレーズだと感じるが、美しさの対象が理解できない。音楽はまだしも、数学を美しいと思う感覚なんて、とわは持ちあわせていなかった。美しさどころかおぞましい気さえする。何しろ数式やグラフを見ただけで気持ちがめげるのだ。数学はただただ難しくて、面倒《めんどう》で、複雑でややこしい。しかも苦労を重ねて解いた問題はたいてい不正解というのが、あまりにもむなしい。とわにとって数学はストレスでしかない。

理解どころかフィットさえしないぎこちない感覚にとらわれていると、大柄《おおがら》男子が立ちあがった。

「理系スーパー特進コース一年の上山田章《うえやまだしょう》っす。自分は相撲部《すもうぶ》とかけもちしています。得意技《とくいわざ》は押《お》し出《だ》し、信条は辛抱我慢《しんぼうがまん》。数学も相撲も決して諦《あきら》めず、押して押して押しまくります」

章は腰《こし》を落として両手を交互《こうご》に何度も前に突《つ》き出《だ》した。

いろんな人がいるものだなあ。

とわは、改めて303教室を眺《なが》めた。せっかくのイケメンを妙《みょう》な着こなしで台無しにしている残念男子に、音楽系ロン毛の美の探求者に、辛抱我慢の相撲男子。そして、やけになまめかしい女教師。

インフィニティ総合学園高等部は、複数の学科で構成されていて、通っている学科によって生徒の雰囲気《ふんいき》が違《ちが》うということは、少し感じてはいることだった。

たとえばスポーツ科の生徒は見ただけでわかる。男子は短髪率《たんぱつりつ》が高いし、女子もショートカットが多い。芸術科の人たちは楽器や画材などの大荷物を抱《かか》えているので、これもまたわかりやすい。ちょっとやんちゃな感じだと思えば工業科だし、男子で固まっているのは商業科のことが多い。数で女子に押《お》されぎみなのだ。普通科《ふつうか》の生徒は見た目では判別が難しいが、バッジにスーパーを示すSがついていると、それだけで、とわは恐《おそ》れ入《い》ってしまう。

しかしここにいる人たちの個性の強さは、また格別だった。

「はい、それではさっそく発表をしてもらいますが、とわさん」

じろじろと見まわしていたとわは、ハスキーボイスに呼ばれて視線を留めた。朝先生を見やる。

「はい？」

「これから一時間半ほど活動が続くけれど、もちろん最後まで見学していくわよね？」

赤い唇《くちびる》から発せられたのは、質問の形を取っているが念押しだ。

「え、それはちょっと、無理かもです」

たじろぎつつ、渡《わた》された問題用紙をちらっと開いてみて、とわは眉根《まゆね》を寄せた。用紙には十二問もの問題がある。そのいずれも文章問題で、ぱっと見ただけでも歯が立たないことを直観する。というより、拒絶《きょぜつ》されている気すらした。

「そんなに恐《おそ》れなくても大丈夫《だいじょうぶ》よ。オリンピックの問題は数Ⅱレベルだから、とわさんにも対応できるわよ」

「いえ、写真を何枚か撮《と》って失礼します」

しつこい誘《さそ》いを断固お断りする。部員の自己紹介《じこしょうかい》も聞いたし、数学オリンピックの日程もわかった。ひとまずお知らせ記事に必要な情報は揃《そろ》った。あとは写真を撮ってさっさと退散したかった。

しかしスマホを手に腰《こし》を浮《う》かせて、とわは動きを止《と》めた。

「先生、気になるんで先に前回の問題を解説してもらえませんか。その木曜日のミステリーを」

響が髪《かみ》をかきあげながら言ったのだ。

とわの気持ちは揺《ゆ》れた。示された謎《なぞ》を見届けたい好奇心《こうきしん》がうずいた。

「ああ、そうね。ではそうしましょう。とわさんの分もコピーするわね」

結局、朝先生の言葉がとどめとなって、とわはいすに戻《もど》った。

問題とミステリー解答が配られる。

「では、ミステリー解答を見てください」

「うっ」

プリントを見たとたん、とわは、低くうめいた。

すっごい癖字《くせじ》。

数学の問題に対する解答なので、主に数字と記号ばかりが連ねられているのは当たり前だが、それ以前に、筆跡《ひっせき》がきわめて独特だった。字が下手くそなのかと言えばそうでもなく、見方によれば規則正しい。かと言って決して読みやすい文字ではなかった。数式と言うよりも、たえまなく続く何かの波動を表したような形状をしていた。きちんと揃《そろ》っているのに、なぜか美しいとは思えない。むしろ、息が詰《つ》まるようだった。が、
あれ?

とわは、少し首を傾《かし》げた。頭の中で、ほんの小さな石粒《いしつぶ》が転がったような感覚があったのだ。

「あっ」

これって、まさか。

「どうかした?」

「い、いえ。……新しい文字を見たような気がしたので」

朝先生の問いかけに言葉を濁《にご》すと、興奮したような声がした。

「ほんとそんな感じだな」

在だった。さも嬉《うれ》しそうにプリントを眺《なが》めている。

「言われてみれば、耳慣れない音律が聴《き》こえてくるようだ」

「がぶって、がぶって、回《まわ》り込《こ》んで押《お》し出《だ》すみたいっす。ありえないけど」

ほかの二人も、それぞれ自分の言葉で感想を続けた。

「えー、問題は、『0以上10000以下の整数の中で、10進法で表記したときに1が現れないようなものすべての平均を求めよ』、というものですね」

何それ？

朝先生が読んだ問題に、とわは、軽く引いた。朝先生の音読は日本語として伝わってはきたし、わからない単語はない。にもかかわらず、問われていることがわからない。従って、何をどうしたらいいか、最初の手立てからしてわからない。

「この問題をみんなはどう解こうとしたんだっけ？」

「1が現れる数の和を全体の和から引いて平均を出しました」

「各位ごとに平均を取って考えました。王道だけどこれがいちばん速くて美しい」

「自分はとにかく1が現れない数を本気で足して平均を出しました。3439個。辛坊《しんぼう》我慢《がまん》の足し算っす」

「なんで？」

思わず声が出てしまう。

「どうしたの？　とわさん」

「い、いえ。同じ問題を解いてるのにやり方が違《ちが》うのはどうしてかなって」

　これまで自分が教わってきた算数や数学は、解き方が決まっていた。単元ごとに計算の仕方や公式を覚え、その決まりに当てはめて解を導き出していた。だから問題を読んだらまずどの公式を使うかを思い出し、ミスをしないように計算を重ねる。計算には決まり事が多い。四則計算は掛《か》け算《ざん》と割り算が先、かっこの中の計算が先。イコールを隔《へだ》てるとプラスマイナスが逆になることもあるなど。それらを途中《とちゅう》でちょっとでも間違うと、不正解が出る。

　決められた道筋を経ても間違うのに、三人のやり方が初めから違うことが不思議だった。

　すると朝先生は「ふふっ」と笑った。

「それは数学が自由な学問だからよ」

「自由？」

　聞き間違いをしたかと思った。数学ほど不自由な教科はないと、とわは常々思っている。数学には、「遊び」や「大目に見る」という許容範囲《きょようはんい》が一切《いっさい》ない。ほんのささいな間違いも断じて許してはくれない、情《なさ》け容赦《ようしゃ》のない教科だ。プラスマイナスが違うだけ、小数点がひとつずれているだけで不正解になる。

　なのに朝先生は、きっぱりと繰《く》りかえした。

「そう。数学は素晴《すば》らしく自由な学問よ。正解に辿《たど》りつくルートはたくさんあって、どの道を選んでも、そこでどんなアプローチをしてもいいの。絶対的に正しいものの前では、安心して自由でいられるのよ」

「……絶対的に正しいものの前では、自由でいられる」

初めて出合った概念《がいねん》に、視界がすっと広がった気がした。気持ちのよい風さえ感じる。とはいえ決して実感は伴《ともな》わない。自分の感覚として理解はできない。

数学の授業中、とわはいつも、窮屈《きゅうくつ》で硬《かた》い箱に閉《と》じ込《こ》められているような気がしている。手足も出ないし息も苦しい。そのうえ、指名されて答えを求められるかもしれないという恐怖《きょうふ》もある。

算数のころから取り残されぎみだったとわが、完全に振《ふ》り切《き》られてしまったのは、中学校で関数が登場してからだ。一次はまだしも二次関数になると式を作るのも難しくなった。高校二年生になった今年の教科書には、三角関数なる単元もあって、関数はいったいどこまでバリエーションを広げれば気が済むのかと思う。

数学を思うだけでも胸苦しいとわだが、かまうことなく朝先生は解説を始めた。赤い唇《くちびる》から発せられる言葉は「ぺらぺらぺら」としか聞こえず、黒板の数字や記号は、しゃれたパン屋の紙袋《かみぶくろ》の、ロゴかなんかにしか見えない。

一応ほかの問題にも目を落としてみる。問題は全部で十二問。計算問題はなく、すべて文章と図形の問題だ。どれかひとつでもわかりそうなものはないかと、読み進めてみるがそれさえ難儀《なんぎ》した。記号や数字が差しはさまれているせいか、読書のように、物語のほうから迎《むか》えに来てはくれないのだ。

とわは、やっぱり諦《あきら》めてスマホを取り出した。

せめて任務を遂行《すいこう》しなくては。

数研部員の三人は新たな問題を囲んで一か所に集まり、相談を始めていた。

シャッター音を何度か響《ひび》かせたが、三人が顔をあげるようなことはなかった。

「○※の定理を……」

「□◆定理……」

「PA・PB＝……」

もれ聞こえてくる会話からは、問題の輪郭《りんかく》さえ見えない。

話しあいながら数学の世界を旅するごとき三人は、眺《なが》めているだけでぼうっと視界がかすむようだった。

この人たちの頭の中はいったいどうなっているんだろう。

諦めた。とわは肩《かた》をすくめてノートを広げる。自分の世界に入ることにした。

〝むかしむかし、インフィニティ村という六角形の村に、三人の若者がおりました。三人は村の中心の「数学研究所」に一緒《いっしょ》に住んで、日がな大変難しい数学の問題を解いていました。数が永遠《えいえん》にあるように、数学の問題も永遠にあります。そして本当に難しい問題です。「予言の定理」とか、「砲撃《ほうげき》の定理」とか謎《なぞ》と恐怖《きょうふ》の言葉をつぶやきながら、三人で頭をひねるのですが、朝になっても解けないことがありました。それでも若者たちは毎日働かずに数学ばかり解いているので、だんだん貧しくなっていきましたが、気にしません。お金はみんなで適当に出しあって、適当なものを買って食べました。計算が得意なくせに、三人は、そのお金を三人平等に支払《しはら》ってはいませんでしたが、そんなことも気になりません。なぜならお金がたくさんあることより、数学の問題が解けることのほうが、ずっと心を豊かにしたからです。本当にそうです。ずっとわからなかった問題が解けたときには、まるで極上《ごくじょう》のステーキをおなかいっぱいに食べたように、満たされた気持ちになるのですから……。〟

「おもしろいわね」

突然《とつぜん》頭上で声がして、とわはびくっと震《ふる》えた。振《ふ》り向《む》くと朝先生が手元を見ていた。

「今作ったの？　すごいわね」

「いえ、そんなでも」

とわは慌《あわ》ててノートを手で隠《かく》した。書いていたのは物語だった。いや、物語とも言えないただの落書きだが、とわの大切な世界だ。物語を読んだり書いたりすると、時間を忘れる。だから辛《つら》い授業をやり過ごすのにうってつけの方法でもある。主に理数系の授業の際に行使する。

「隠さなくたっていいじゃない。本当におもしろいわよ。でも、『予言』じゃなくて『余弦《よげん》』。『砲撃《ほうげき》』じゃなくて『方べき』だけどね」

朝先生はノートを引き寄せて、

〝余弦定理〟

〝方べきの定理〟

と並べて書いた。

「ああ、そうなんですか」

予言と砲撃ならファンタジーの香《かお》りもしたのに、一気に色あせてしまった。

「とわさん、来週もまた来るんでしょう?」

帰《かえ》り際《ぎわ》、例によって朝先生の前提がおかしい誘《さそ》いがあったときは少し迷ったが、とわは「たぶん来ると思います」と返事をした。朝先生は、「あら、嬉《うれ》しい。数学の魅力《みりょく》に気がついてくれたのかしら」と喜んだが、そうではない。

じつはひとつ、とても気になることがあるのだ。

家に帰ったとわは、鞄《かばん》の中からプリントを一枚取り出した。木曜日のミステリー。最初にこのミステリー解答を見たときに感じたデジャビュが具体性を持ったのは、インフィニティ村の物語を途中《とちゅう》でやめたあとだった。

いったん別のことを考えたのが、よい刺激《しげき》になったのかもしれない。じっと見つめていると確かな記憶《きおく》がよみがえってきた。部員たちが問題を考えているうしろで、

「やっぱそうだよね」

つい大きなひとり言を言ってしまったほどだ。慌《あわ》てて口を押《お》さえたが大丈夫《だいじょうぶ》だった。集中していたらしい部員は誰《だれ》も振《ふ》りかえらなかった。

とわは、改めてミステリー解答に視線を注いだまま、うなずく。やっぱり間違《まちが》いはないと思う。この特徴的《とくちょうてき》な筆跡《ひっせき》を自分は知っている。かつて複雑な心持ちで毎日のように眺《なが》めていた。

確かめてみよう。

そう決めて、物語のノートを広げた。頭の中にもうひとりの登場人物が生まれて、むずむずしはじめたのだ。

〃さて、そんなふうに三人が数学の問題を解いていたところ、不思議なことが起こりました。ある木曜日の朝、三人が起きると、解きかけの問題が解いてあったのです。それは前の日にどうしてもわからなくて、そこに置いたまま眠《ねむ》ってしまった問題でした。

「おお、解けているぞ」

「本当だ」

「すごいなあ」

三人は感嘆《かんたん》の声をあげました。そして、「教えてくれ」と、お互《たが》いの顔を見合わせました。三人の中の誰《だれ》かが問題を解いたのかと思ったからですが、三人ともきょとんとしています。どうやら仲間の仕業《しわざ》ではないようです。不思議に思った三人は、実験をしてみることにしました。その日も問題をひとつ残して寝《ね》てみたのです。

するとなんて不思議なことでしょう。次の日の朝、やっぱり問題は解けていたではありませんか。〃

有名な外国の童話にどこか似ているけれど、筆はずんずん進んだ。

3

次の日の放課後、とわは、中央棟《とう》の３０７教室に向かった。新聞部の部室だ。部屋をのぞくと今日は五人ほどの部員が机を囲んで会議をしているようだった。美織《みおり》もいる。とわを見つけて大きく手を振《ふ》り、声をかけてきた。

「とわちゃん、昨日はありがとう。さあ、入って、入って」

美織に促《うなが》されて、とわは、部屋に入った。

「今ね、ちょうど次回号のレイアウトを決めていたところ。とわちゃんがやってくれた数学研究部のお知らせ記事はこの辺に載《の》るから、速攻《そっこう》で記事お願いできるかな」

美織はパソコンの画面を示しながら言った。

「うん。記事はもうできてるんだけど」

「わあ、仕事が速ーい。さすが文章力あるねえ」

「文章力って、去年の記事の日程と部員の名前を変えただけだよ」

美織の見え見えのお世辞を軽く受け流したあと、とわは、思い切って切り出した。

「あの。数学オリンピックとは別に、数学研究部でちょっと気になることがあったんだけど、おもしろい記事になるかもしれないから、取材してみたらどうかな」

「ええっ、何?」

美織はまつげをぱちぱちさせた。

「えーっとね。木曜日のミステリー」

「木曜日のミステリー?」

とわの言葉を大声で美織が反芻《はんすう》すると、打ち合わせをしていた部員が一気に顔をあげた。

「何それ?」

「ミステリー?」

「おもしろそう」

さすがは新聞部というべきか、ミステリーという言葉にみんな興味津々《きょうみしんしん》の表情になった。あまりの食いつきぶりに少々たじろいだが、昨日、数学研究部で聞いたことを詳《くわ》しく話すことにした。

数学研究部の活動は月曜日と木曜日だが、そのうちの木曜日にだけ、前回解けないで残して帰った問題が解いてあること。それがもう五回連続で続いていること。解答は正解ばかりではないけれど、先生もびっくりするほど迫力《はくりょく》があること。

整理して話してみるとあっけない情報量だったが、新聞部員たちの目つきは変わった。

「まじでミステリーじゃん」

「映画みたい」

「いいねえ、それ。読ませる記事にしたらいいんじゃない。予備校とか塾《じゅく》とか、広告大きく出してくれるかも」

全員が前のめりになった。

「でしょ。おもしろいと思う。それで、美織が取材してくれればと思うんだけど」

気をよくしたとわが、さらに提案すると、

「でかした、とわちゃん。いいネタ取ってきてくれたよ」

美織も、とわの右手を両手でつかんでぶんぶん振《ふ》ってほめてくれた。だが、提案には同意してはくれなかった。

「でも私は忙《いそが》しいから数研の取材は無理だな。二学期は行事が多いもん。文化祭でしょ。英語スピーチ大会でしょ。それになんといってもピアノコンクールの校内予選でしょ」

指を折りながら多忙《たぼう》アピールをし、当然のように結んだ。

「だから、とわちゃんが行ってもらえるかな」

「えっ！　私が？」

取材を通して推理を確かめたいとは思っていたが、自分がやる気はない。小学校が同じ美織がやってくれるなら、好都合だと思って持《も》ち掛《か》けてみたのに、こんな展開になるとは。

しかし美織は、再び拝《おが》み倒《たお》しの技《わざ》に出た。

「この間も話したとおり、困ってんのよ。こんなに忙《いそが》しいのに、部員が留学したり入院したりでやめちゃって人手不足。ねえ、このとおり」

両手を胸の前で合わせると、ほかの部員たちも勝手な相談を始めた。

「とにかく謎《なぞ》の正体だけ探《さぐ》ってきてもらったらこっちで書けるよね」

「小さなコラムにするか、特集でドーンといくかはネタ次第《しだい》ってことで」

「数学オリンピックを絡《から》めれば、読みごたえがある特集になるかもよ」

「きっと広告取れるって」

新聞部員たちはうなずきあって、美織のように胸の前で手を合わせた。

「ざっと書いてくれれば修正はするから」

「頼《たの》む。新聞部を助けると思って」

「ええ～」

「とわさまとわさま、お願いします～」

新聞部にはなんの義理もなかったが、全員に拝み倒されて、とわはしぶしぶ、うなずいた。

「わかったよ」

「きゃー、よかった。それじゃあ全部任せるわ。すっきり解決するまで取材してね」

美織はまたも丸投げの手段に出た。

新聞部の部室を出て、とわは、バス停に向かった。通学にはバスを使っている。学校と自宅の間は距離《きょり》にして十キロくらいなので自転車で通えないこともないが、途中《とちゅう》アップダウンが多く、一度やってみて断念した。バスを使うと、回り道になって案外時間がかかるが、車内で本が読めるのは大きな利点だ。同方向へ帰る友達とは、時間割りや部活動のため下校時間がずれていて、ひとりで通学することが多いとわは、たいてい本を読んでいる。自分のペースで読書に浸《ひた》れる時間は至福のひとときだ。

今読んでいるのは、宮沢賢治《みやざわけんじ》の『雪渡《ゆきわた》り』だ。四郎《しろう》とかん子《こ》の兄妹が、狐《きつね》の幻燈会《げんとうかい》を見に行くという短編だが、会話と擬音語《ぎおんご》のリズムが軽《かろ》やかで楽しい気分になる。

賢治の作品は、楽しげでもどこかに毒や闇《やみ》が潜《ひそ》んでいて、うっかりできない。そのうえ難解でもある。けれども短編が多いので、バスの待ち時間や移動中に読むのには適している。

バス停のベンチに座《すわ》ったとわは、文庫本を取り出したが、すぐに開いたばかりのページを閉じた。

あーあ。なんで私は引き受けちゃったんだろう。

結局、ミステリーの取材は引き受けてしまった。

ベンチで頭を抱《かか》えていると、

「あら、とわさんじゃない」

ハスキーな声に名前を呼ばれた。顔をあげると、向こうから朝先生《あさ》がやってきた。いや、滑《すべ》ってきたと言うべきか。頭にはピスタチオの殻《から》みたいなヘルメットをかぶっている。

「あ、朝先生」

「バスで帰るの？」

「はい。先生はそれで？」

とわは、朝先生の足元を指さした。先生は奇妙《きみょう》な物に乗っていた。物自体は特に珍《めずら》しくないのだが、大人が通勤に使うのにはだいぶ違和感《いわかん》がある。質問する声音《こわね》に疑念がこもってしまったのだが、ハスキーボイスのトーンはあがった。

「そう。これ便利よ」

先生はおへそのあたりにある持ち手を握《にぎ》り、片足で地面を蹴《け》って少し進んでみせた。

「キックスケーターですよね」

「そう。私の愛車」

念を押《お》すとわに、恥《はじ》もてらいも混じっていないフラットな顔で、先生はうなずいた。

「私の家、バスに乗るほどは遠くないのよ。かといって歩くには少し時間がかかるから」

「自転車では？」

それならせめて常識的な乗り物を選択《せんたく》すればと思ったのだが、ハスキーボイスのトーンは悲し気に下がった。

「乗れないの」

「あ、すみません」

プライドを傷つけてしまったかと無礼をわびたが、先生はセクシーな微笑《びしょう》を浮《う》かべた。

「自転車よりいいわよ。小回りが利《き》くし、歩道橋も持って登ればいいでしょ。とわさんも使ってみたら？」

「いえ、うちは遠いし。第一キックスケーターは通学には認められていないと思いますが」

「へえ、生徒はだめなのか。それは残念。じゃあねー」

朝先生は片手をあげて、勢いよく地面を蹴《け》った。スケーターはシューっと滑《すべ》り出《だ》した。ふと思い出し、背中に向けてとわは大きな声を出した。

「今度の木曜日にはまた行きまーす」

「待ってるわねー」

先生は振《ふ》り向《む》かずに、後ろに向け、手だけを振りながら行ってしまった。

自由だな〜。

あれも、絶対的に正しいものを研究している影響《えいきょう》だろうか。

「お気をつけて～」

手を振《ふ》ると、バスがやってきた。いつものように前方の一人掛《ひとりが》けの座席に陣取《じんど》った。動き出した窓の外では朝先生が颯爽《さっそう》と風を切っている。

「キック、キック、トントン」

とわは、四郎とかん子の足取りを思《おも》い浮《う》かべつつ、つぶやいた。


翌週の木曜日の放課後、とわが３０３教室へ着いたとき、すでに三人の部員たちと朝先生は揃《そろ》っていて、在《あり》が板書をしているところだった。

「途中《とちゅう》からお邪魔《じゃま》します。ちょっと寄るところがあったので遅《おく》れました」

小声で朝先生に言うと、先生は「いらっしゃ～い」と妖艶《ようえん》に微笑《ほほえ》んだ。本日の服装はロングのチャイナドレスだ。色はすみれ色で、胸元《むなもと》に大きな花の刺繍《ししゅう》が入っている。座《すわ》っている太ももが見えているのは深いスリットのせいだが、やはりキックスケーターを蹴《け》ってきたのだろうか。

「あの。例のあれ、ありました？」

「ああ、木曜日のミステリー？　あったわよ」

朝先生はスリットが開くのもかまわず脚《あし》を組《く》み替《か》えて、いたずらっぽく笑った。コピーを差し出す。

「今、一瀬《いちのせ》くんが違《ちが》う方法で検証しているところ」

朝先生は、フレンチネイルの赤い指先で挟《はさ》んだ指示棒で、黒板を指示した。

「わあすごい」

黒板では、在が図形をかいていて、とわは思わず声をあげた。在は黒板用のコンパスや定規などを使わずに、完璧《かんぺき》な円と三角形をかいていたからだ。

「きれいな丸と三角形」

黒板にはほかにも数字や記号がかいてあったが、図形の美しさしか理解できないとわは、ピンポイントで感心してしまった。独特すぎる制服の着こなしからは想像がつかない几帳面《きちょうめん》さだ。

「見てると心が落ち着きます」

「そうね。一瀬くんの情緒《じょうちょ》も安定しているのかもね」

「情緒が安定している人は、上手に図形がかけるんですか」

「知らないわ」

「自分が言ったくせに」

「でも、一瀬くんは粘《ねば》り強《づよ》いわね。いったん食《く》らいついたら離《はな》さない。それは心が安定していないとできないし、数学をやる者にとっては大事な資質よね」

「……そうなんですか」

「えーっと、問題を読み取って図をかいてみました。すると、この二パターンがかけて……」

やり取りを続けているうちに、黒板では完璧《かんぺき》にかき上げた図形を使って、在が説明を始めていた。

「4番の問題ね」

朝先生から教わり、とわは一応問題を読んでみた。

〝四角形ABCDは半径1の円に内接し、対角線同士のなす角は60度である。対角線の交点をPとすると、APは$\frac{1}{3}$……。〟

図形の問題のようだったが、長さの部分が分数で表示してあって、とわは頬杖《ほおづえ》を突《つ》いた。

分数が登場した時点で、脳の細胞《さいぼう》が半分くらい寝《ね》たふりをした。

「……すると、ここが2：1になっているから、MPの長さが$\frac{1}{3}$になるので、……垂線を通して……」

教壇《きょうだん》の在は、喜々とした表情で説明をしていた。図形にどんどん線が入っていく。そのつど図形は細切れになり、元の形さえわからなくなってしまった。

八割方の脳細胞が熟睡《じゅくすい》したので、黒板から目を外しほかの二人を見てみたが、響《ひびき》と章《しょう》は黒板に熱い視線を注いでいた。時折うなずいたり唇《くちびる》を引きしめたりして説明を聞いている。もちろんだが、充分《じゅうぶん》ついていっているようだ。

「……ということで、以上がおれの考え方です」

軽い疎外感《そがいかん》の中、説明は終わったらしく、在はチョークを置いた。

「まあそれがスタンダードな手法だね。純正律っていうか」

「立ち合いから四つに組んで寄り切るみたいな感じっす。王道」

響は音楽に、章は相撲《すもう》の取組になぞらえて感想を述べた。

「でも今回のミステリー解答はまたすごいな。まるでシンコペーションだ。拍子《ひょうし》の位置がずれて、リズムが変化に変化を重ねてついていけない」

「そうですね。猫《ねこ》だましから懐《ふところ》にもぐり込《こ》んだと思えば、急に八艘跳《はっそうと》びをかけ、いったん遠くに突《つ》き飛《と》ばされてもまた戻《もど》ってくるモンゴル相撲《ずもう》みたいっす」

「使えば楽になる公式や定理に一切《いっさい》当てはめてないからこうなるのかな。もちろん図にもしてないし」

二人の感想に在もうなずいて、腕《うで》を組んだ。

「どんな奴《やつ》が解いたんだろ？」

「うーん」

「うーん」

響も章も首を傾《かし》げた。

そこでとわの脳細胞《のうさいぼう》が目を覚ました。はっと声をあげる。

「あの、私、知ってるかも」

「え？　知ってる？」

「ほんと？」

「誰《だれ》っすか？」

三人は、勢いよく食いついてきた。

「とわさん、知っているの？」

朝先生からも尋《たず》ねられ、とわはこくんとうなずいた。

「はい。ていうか。本人に確かめたわけではないですけど、今、その人が在籍《ざいせき》しているクラスには行ってきました」

303教室に来る前に、とわが寄ってきたのは工業科の教室だった。普通科《ふつうか》文系コースの校舎からは渡《わた》り廊下《ろうか》を渡って、普通科理系の校舎を突《つ》っ切《き》り、さらに渡り廊下を越《こ》えないと辿《たど》りつけない校舎だ。友達でもいなければ用のない場所で、とわは入学から初めて足を踏《ふ》み入《い》れた。

どうしてか。

それは、思い出したことがあったからだ。

先週の木曜日、木曜日のミステリーの解答用紙をじっくりと見ていたとわに、よみがえったのは、幼いころの記憶《きおく》だった。解答用紙の独特な筆跡《ひっせき》が記憶を呼び起こしたのだ。

「ミステリー解答を残していっているのは、えっと、たぶん私の……小学校の同級生です」

とわは、とりあえずその事実だけをみんなに告げた。

小学校のクラスは二学年ずつの持ちあがりで、三年生と四年生は同じ担任の先生のもと、同じクラスメートと過ごすことになっていた。担任の先生は優《やさ》しかったし、仲のよい友達もさっそくできて、とわは、表面的には順調な三年生のスタートを切った。ひとつの心配事をのぞいては。

このまま楽しい生活が続きますように。

とわは、心密《こころひそ》かに願っていたが、心配は二学期になってからの席替《せきが》えで現実のものとなってしまった。ナジャカンと席が隣同士《となりどうし》になったからだ。ナジャカンこそ、とわ最大の心配の種だったのだ。

ナジャカン。本名は、名島潤《なじまかん》。どうしてナジャカンというあだ名がついたかというと、三年生の始業式の日にまでさかのぼる。クラス替えの発表のあと新しいクラスに集まった児童は、ひとりずつ自己紹介《じこしょうかい》をすることになった。自己紹介といっても九歳《さい》になるかならないかの子どもたちには、自分について語れることは少ないので、名前と二年生のときは何組だったかを言うことに

なった。たとえばとわだと、

「野崎《のざき》とわです。二年一組でした」

というように。

五十音順にひとりずつ発表していく中で、とわはどきどきしながら自分の番を待っていた。ところが、その前に緊張《きんちょう》など吹き飛《ふと》んでしまうような事態が起こった。二つ斜《なな》め前《まえ》に座《すわ》っていた男子が立ちあがったとたん、意味不明な言葉を発したからだ。

「ナジャカン○×※◇△……」

……わからない。

高いキーの早口な自己紹介《じこしょうかい》からは、ナジャカンという単語以外を聞きとれなかった。

とわは、どきどきするくらい混乱し、クラスのみんなも奇異《きい》に思ったのか、ぽかんとした顔でその男子を見ていた。

「名島潤くんですね。二年四組でしたね」

担任の女の先生がそうフォローしたので、どうにか名前は明らかになったが、一日目から「ナジャカン」はみんなの心に強い印象をもたらした。ゆえにあだ名として定着してしまったのだ。

「ナジャカンッ」

「ナジャカン～」

「ナジャカ〜ン」

次の日から、「ナジャカン」は連呼されるようになった。不思議な語感が言いやすかったからということもある。けれども、みんなの口からしょっちゅう発せられるのは、「ナジャカン」自身もちょっと不思議な子だったからだ。

不思議さがいちばん発揮されるのが給食のときで、ナジャカンは好《す》き嫌《きら》いが多かった。食物アレルギーを持つ子は何人かいたし、ほかにも好き嫌いの多い人もいた。けれどもナジャカンは段違《だんちが》いだった。給食のほとんどのものが食べられないのだ。

みんなが大好きなカレーや、イタリアンスパゲッティにも手をつけなかったし、おかわりがじゃんけんになるほど人気のプリンにも見向きもしなかった。牛乳も嫌いで、一度など給食係から「飲まなきゃだめ」と注意されて、かんしゃくを起こして牛乳パックを床《ゆか》に投げつけたことがあった。アレルギーがあるわけではないのに、献立《こんだて》のほとんどが食べられないナジャカンは、ビスケットが出たときにだけ、ぽりぽりとかじっていた。

偏食《へんしょく》に象徴《しょうちょう》されるように、ナジャカンは生活全般《ぜんぱん》においてわがままだった。授業中勝手に歩きまわる、掃除《そうじ》はしない。ゆえに、机の中や周りはぐちゃぐちゃ。注意すると床にひっくりかえって抵抗《ていこう》する。だからそのたび、

「ナジャカ〜ン」

「ナジャカンッ！」

「ナジャカン～」

と諦《あきら》めモードや怒《いか》りモードで連呼されていたのだった。

普通《ふつう》なら、触《さわ》らぬ神に祟《たた》りなし的に煙《けむ》たがられるか、いじめの対象になってもおかしくないところだが、ナジャカンはわりとみんなに受け入れられていた。それどころか一目置かれてさえいた。

なぜか。

それは、ナジャカンにはある特別な才能があったからだ。その才能はナジャカンのほかの強烈《きょうれつ》すぎる特徴《とくちょう》と釣《つ》りあうほどの力を持っていた。

算数。

ナジャカンは計算が驚《おどろ》くほど速かったのだ。

算数の授業はたいてい、先生が教科書の問題を読んで、黒板や大きなカードで考え方を説明して、最後に練習問題をそれぞれのノートに解いてみるという方法が取られていた。練習問題はできた人から手をあげて、先生がノートを点検して回っていたのだが、ナジャカンはいつも真っ先に手をあげていた。それは先生が黒板で説明をしているときから練習問題を解いているせいで、つまりナジャカンには説明が必要なかったのだ。

「ナジャカンって、掛《か》け算《ざん》九九を一回見ただけで覚えたんだよ」

とわに教えてくれたのは、前の席の茉菜ちゃんだった。茉菜《まな》ちゃんは、一、二年生のときもナジャカンと同じクラスだったのだ。

「……そ、そうなんだ」

とわとは大違《おおちが》いだ。とわは、掛け算九九を覚えるのに大変苦労した。暗記の宿題が出て、毎日毎日念仏のように唱えるのだけれど、なかなか覚えられなかった。特に七の段と八の段が難しかった。いつもつっかえる「しちし」が来ると思うと、「しちいち」から緊張《きんちょう》したくらいだ。部屋には九九のポスターを貼《は》り、毎日単語帳をめくって唱えていたのに、はかばかしく成果が出なかった。

「塾《じゅく》にも行ってないのにすごいよね」

茉菜ちゃんはぼそっと言った。すごいというより、不思議そうな感じだった。ほかのことはめちゃくちゃなだけあって、疑問のほうが大きかったのだろう。それはとわも同感だった。

そんな「ナジャ」というより「ナゾ」なナジャカンと、とわが隣《となり》の席になったのは、二学期が始まってすぐだった。とわは大変困惑《こんわく》した。

同じクラスになっただけでも、まかり間違って話しかけてこられたらどうしようと、とわは、怯《おび》えていたのだが、幸いにも気配さえなかった。そうこうするうちに、ナジャカンは案外クラスになじんでしまっていた。

三年二組には、わがままだけど算数が特別できる児童がひとりいる。いつしかそれが日常の景色になっていた。

けれどもその変わった景色がすぐ隣《となり》の席ともなれば、そうはいかない。

国語や総合学習の授業では、先生がときどき、「隣の人とよく話しあってください」と言ったりするからだ。さらに給食のときには、同じ班で向かいあう。どう話しあっていいかもわからないし、もしかんしゃくを起こしたナジャカンから、ソフト麺《めん》なんかを投げつけられたら。

席替《せきが》えの発表があった日、家に帰ったとわは、そのことを母親に報告した。本当はどうしようかと悩《なや》んだのだ。かいつまんで言うと、母親が潤のことをよく思っていないことを知っていたからだ。

「やっぱり同じクラスにはしないでほしいって、学校に頼《たの》んでおけばよかったわ」

思ったとおり母親は、あからさまな懸念《けねん》を口にした。そして大切な教えを授《さず》けるように、とわの目をのぞき込《こ》んでこう言った。

「あの子のことはなるべく刺激《しげき》をしないこと。何かあったらすぐにお母さんに言いなさい。先生に相談するから」

「…………」

母の顔は恐《おそ》ろしいほど真剣《しんけん》で、とわは、うなずくこともできなかった。

けれども、席が隣《となり》になっても困ったことは起きなかった。離《はな》れていたときにはわからなかった机の中のぐちゃぐちゃを、ナジャカンが引き出しを引っ張るたびに目にすることになったが、危害が及《およ》ぶことはなかった。ナジャカンは、たまに突然《とつぜん》立ちあがって歩く以外はとても無口だったのだ。黙《だま》って何をしていたかといえば、学校にいる間のほとんどの時間、紙に何かを書いていた。

その紙は、カレンダーの裏紙だった。自由帳よりも数段大きな紙だったが、ナジャカンが毎日何かを書きつけているので、隙間《すきま》がなくなっていた。

すっごーっ。

母親から刺激《しげき》をしないようにと言われていたので声には出さなかったが、その細かくて複雑に込《こ》み入《い》っているのには唖然《あぜん》とした。紙には、おびただしい数の数字や矢印が書いてあった。

迷路《めいろ》じゃないよね。

当時男の子たちは、自由帳によく迷路をかいて遊んでいたが、書かれていたのは迷路のような道筋はなく、数字と矢印が主な構成要素だった。矢印は絡《から》みあっていたけれど、よく見ると同じ数字同士を結んでいるようだった。桁《けた》の違《ちが》うたくさんの数字が、それぞれのペアを作っていた。

うへぇ〜。

それらが何を表しているのか、わからないばかりか、あまり気持ちのいいものでもなかった。矢印は入り組んでいて、植物の葉脈か人間の毛細血管のようにも見えた。

あえてたとえるなら、地図だった。

けれども、とわが親しんでいるような冒険《ぼうけん》や宝探しの地図ではない。宝箱はおろか、海や島もない。見ていると、わくわくするどころか、息が詰《つ》まってしまいそうだった。

そんなものをナジャカンは机に張りつくようにしてかいていた。来る日も来る日も。

よっぽど大事なものなのだろうか。

会話はほとんどなかったが、脇《わき》の隙間《すきま》から見えていたカレンダーの裏紙の迫力《はくりょく》は、とわの心に強く焼きついた。

「で、野崎さんはこのミステリー解答はその同級生が書いたって言ってるわけか」

とわが簡単にナジャカンのエピソードを話し終えると、在が念を押《お》した。

「たぶん」

「でも断定はできないんじゃないかな。だって小学三年生のときと筆跡《ひっせき》が同じとは考えにくいよ。ピアノだって体の成長と日々のレッスンで音色が変わるように、文字だって変わるだろ」

「そうっすね。字も相撲《すもう》も稽古《けいこ》っす。自分なんか小学三年生のころ、めちゃめちゃ下手くそな字書いてたっすもん」

みんなの意見はもっともだが、とわは確信めいたものを抱《いだ》いていた。

「……そうだけど、これは間違《まちが》いない、気がする」

うまく説明できないことが、とわには、もどかしかった。自分の中では、ほぼ確定していたのだが、それを説明しようとすると触《ふ》れたくないところにまで話題が及《およ》ばざるを得ない。それが、とわにはできなかった。喉《のど》の奥《おく》にロックがかかっている。

だから「気がする」なんてあいまいな説明にとどめるしかなかったのだが、やはり理屈《りくつ》を重んじる数研の三人には食い足りない推理だったようだ。

「主観だけで断言するのは危ないよ」

「そうっすね。記憶《きおく》は変えられますしね。もう一押《ひとお》し欲《ほ》しいっす」

響と章が言うと、在もそれに賛同した。

「だな。まだ仮説でしかない。検証が必要だ」

疑《うたぐ》り深《ぶか》いのは、数学者の必須《ひっす》条件なのだろう。説明できない悔《くや》しさに、とわは、唇《くちびる》をかみしめた。

「そもそも、そのなんだっけ？　ナジャカンってうちの学校の、どのクラスの人なの？」

だが在が続けたので、とわは一歩前へ踏《ふ》み出《だ》した。その点は確かめてきたのだ。

「ナジャカン、いえ、名島潤くんは工業科の二年一組にいる」

学校で会ったことはないけど。というか、小学校五年生になってまたクラスが分かれて以来、潤は、とわの視界からは遠のいた。中学生になると、完全に見えなくなった。潤は地元の中学校に入学し、とわはインフィニティ総合学園中等部に入学したからだ。

「じゃあ簡単だ。さっそく検証に行こう。もしかしたら、まだ学校にいるかもしれない。野崎さん、一緒《いっしょ》に行って紹介《しょうかい》してよ」

「それが」

今にも飛び出さんばかりの在を、とわは引き留めた。

「それが、だめなの」

「え、なんで？　こんな解答する奴《やつ》、きっと数学が好きだよ。会ってみたい」

在は強い興味を示したが、そうできない理由を、とわはついさっき知った。

「名島くん、学校に来てないから」

言葉が重たくなる。

「え、でもそれ」

在は、ミステリー解答を指さした。「その解答を書いたのはナジャカンだろう」という意味だろう。

「だから来てるのは水曜日だけなんだって。それもカウンセラー室登校」

工業科に知り合いはいなかったが、勇気を出して通りがかりの生徒に尋《たず》ねてみた。そして返ってきたのが、

「名島なら、一年生の後半から学校には来てないんじゃないかな。二年生になってからもクラスには来ない。でもそれじゃあよくないからって、二学期からカウンセラーの先生が来る水曜日だけ来てるらしい」

という事情だった。

「それで木曜日だけ、ここに解答用紙があったんすね」

章が言うと、響もうなずいた。

「まあ、曜日は当てはまるね。水曜日にやってきた彼《かれ》が303教室に忍《しの》び込《こ》んで解いていくっていう。確かカウンセラー室はこの棟《とう》の最上階だったよな。それなら来やすい。しかもこの教室は施錠《せじょう》がされてないし」

けれども在はまだ首を傾《かし》げていた。

「それでもまだ確定はできないよ」

あくまでも自分で確かめてみないことには納得《なっとく》できないようだ。眉根《まゆね》を寄せて、床《ゆか》の一点を見つめている。

在を評して朝先生は「粘《ねば》り強《づよ》い」という言葉を使ったが、しつこくて疑《うたぐ》り深《ぶか》いと言ったほうがいいかもしれない。

残念の上塗《うわぬ》りなんですけど。

とわはしかめっ面《つら》の在を見て、こっそり思う。

独特な制服の着こなしのせいで、せっかくの顔立ちをぶち壊《こわ》していると思っていたが、どうやら性格にもずいぶん癖《くせ》がありそうだ。

すると、在はまた急に顔をあげた。澄《す》み切《き》った青空のような目をしている。そして勇猛果敢《ゆうもうかかん》なひとことを発した。

「いざ行《ゆ》かん」

目的地はもちろん名島潤の家だろう。そしてその目でなぜかとわを見て、もう一度言った。

「共に行こう」

4

「え、それはちょっと」

とわは、両手を顔の前で振《ふ》った。在《あり》から同行を求められたが、それにはどうしても応じられない。

「なんで？」

「……無理です」

しかもその理由を説明することもできない。

口にしようとすると、言葉が喉《のど》に引っかかって出てこないのだ。

「家知らないの？」

とわの苦しい胸の内など知らない在は、無邪気《むじゃき》な顔で詰《つ》め寄《よ》ってきた。

「そ、ういうわけではないんだけど」

嘘《うそ》をつくわけにもいかず、足をじわじわと後退させ、

「ともかく無理。ごめんなさいっ」

脱兎《だっと》のごとくドアから飛び出した。

「ちょっとっ」

在の声が追いかけてきたが、かまわず廊下《ろうか》を走った。

とわがやっと止まったのは、バス停のベンチだった。転がるように階段を下り、靴《くつ》を履《は》きかえ昇降口を飛び出して、下校中の生徒の間を縫《ぬ》って走ったおかげですっかり息が切れていた。こんなに激しい運動をしたのは、久しぶりだ。

「あー、苦しかった」

上下する両肩《りょうかた》を深呼吸で抑《おさ》える。やっと整ってきたころ、息が再び止まった。

「野崎《のざき》さん」

「わ。速《はや》っ」

目の前に、ついさっき振《ふ》り切《き》ったはずの在が登場したのだ。

「どうしてだよ?」

自転車に乗っていた在は、サドルから飛び降りた。

「は?」

「どうしてよ?」と聞きたいのは、とわのほうだった。嫌《いや》がっている人を追いかけてくる心理がわからない。

い。


「……だからごめんなのよ」

　しかもいくら粘《ねば》り強《づよ》く尋《たず》ねられたところで、とわの口からは理由は出ない。長年の習慣のせいか、そういう構造になっているのだ。潤《かん》のことを話そうとすると、一定のことから先にストップがかかる。そんな、自分でもわからない「どうして?」を、在はどうしても聞き出したいらしい。

「いったん食《く》らいついたら離《はな》さない」

　朝《あさ》先生の言葉を思い出し、泣きたい気持ちになった。

　ストーカーか。

　とわは、恨《うら》めしげに目をあげる。

　あれ?

　だが、自分を問《と》い詰《つ》めていると思っていた在の目は、なぜか道路に注がれていた。そして何やらぶつぶつつぶやいていた。

「どう、したの?」

　恐《おそ》る恐《おそ》る話しかけてみたが、在はとわに視線を戻《もど》さず、ぶつぶつ言い続けている。

「13、12、60、0・77……」

「あの、聞こえてる?」

とわは尋《たず》ねたが、在の視線が追っているのは通りを走る車のようだ。

「9、30、27、11」

「何してるの？」

たまらず大きな声を出すと、

「ああ、ごめん」

在は我に返ったような顔をした。

「何してるの？」

改めて質問すると、在は少し恥《は》ずかしそうに答えた。

「車のナンバーを計算してた」

「はあ？」

「数字を見ると、何かをせずにはいられないんだ。四則計算をしたり、素因数分解をしたり、脳が勝手にやりはじめるんだよ」

「うそでしょう」

とわはぽかんとしてしまう。目に飛《と》び込《こ》んできた数字を、在はことごとく計算していたのだという。

「いや、ほんと。いつもは校門を出るときにはすでに自転車をこいでるから、前しか見てないけど、今日は車道をゆっくり見られたんで」

「信じられない」

としか言いようがなかったが、落ち着いて考えると、それはいかにも不便なことだ。

「危ないじゃん」

「うん。だから自転車のときはなるべく見ないようにしてるんだけど」

「それがいいよ」

自転車を運転しながらスマホを操作する「ながらスマホ」の危険は認識《にんしき》していたが、運転をしながらの「ながら計算」なるものもあるのか。

ちなみに、数字を見ると何かをせずにはいられない在の標的は車のナンバーだけではないらしい。カレンダー、ファミレスのメニュー、看板に書いてある電話番号など、目に入るありとあらゆる数字を、四六時中いじくりまわしているのだそうだ。

「…………」

とわは、まじまじと在を見た。外ではさすがにスニーカーをはいているが、ソックスはなし。腕《うで》まくりと裾上《すそあ》げはそのままの独特な着こなし。身だしなみにさえ気をつければ、俳優レベルのイケメンなのに、性格はねちっこくて疑《うたぐ》り深《ぶか》い。そのうえにまた、新たなマイナス要素が積みあげられた。

変な習慣。

それらはせっかくのイケメンを吹《ふ》き飛《と》ばして有り余る威力《いりょく》だ。

とわは、しみじみと在を見たが、当の相手は思い出したように顔を引きしめた。

そして今までのやり取りなどなかったように平然と言った。

「名島《なじま》とやらの家に連れていってもらえる?」

「うん」

とわは、思わずうなずいてしまった。そんな気持ちなどなかったのに、頭が勝手にワンバウンドしてしまったのだ。

〝不思議なことでもあまりに心を打たれると、
人はさからわなくなるものだ。〟

と教えてくれたのはサン＝テグジュペリだ。かの有名な〝大切なものは目に見えない〟だけではなく、『星《ほし》の王子《おうじ》さま』には、心に沁《し》みるフレーズがたくさん詰《つ》まっている。

「小倉橋《おぐらばし》一丁目のバス停で降りて待ってる。自転車だと三十分くらいかな」

とわが言うと、在はスマホでバス停の位置を確認《かくにん》し、ひらりとサドルをまたいだ。

「じゃ、なるべく急いで行くから、よろしく」

「わかった」

在はどんどん遠ざかっていった。数字を目に入れないためにか、脇目《わきめ》も振《ふ》らず走っているようだ。

「速《はや》っ」

小倉橋一丁目のバス停でとわが降りると、すでに在は到着《とうちゃく》していた。

「全速力でぶっ飛ばしてきたから」

数字を目に入れるよりも、安全なのかもしれないが、それよりもやる気のほうが勝《まさ》っているのだろう。

「さ、早く行こう」

その証拠《しょうこ》に、方向もわからないのに自転車を押《お》して歩きはじめた。

「うん。こっち」

とわは逆方向を示した。バスの中でシミュレーションをしたとおりに、なるべく速足で先導する。

実を言うと、潤の家を案内することは、とわにとってあまり都合のよい行動ではなかった。訪問はおろか、本当は近寄るのも遠慮《えんりょ》したいところだ。そこで考え出したのが、家が見えるところまで行き、「あそこよ」と教えてそのまま帰るという方法だ。幸い、潤の家は電器屋なので、それは可能だ。「あの電器屋さんよ」と言えばいい。そうするしかないとバスの中で考えた。

それにしても寂《さび》れちゃったな。

とわは、思わずあたりを見回す。バス停からすぐ東側のこの辺は、昔は数軒《すうけん》の店が並ぶちょっとした商店街だった。だが数年前にバス停の西側にあった茶畑が住宅地として開発され、人通りが逆になった。それに合わせてコンビニやファミレスも進出し、東側は完全に取り残されてしまっている。

細い通りに面した古い建物を見つけたところで、とわは足を止めた。

「あの電器屋さん」

シミュレーションどおり「名島電器店」を指さすや否《いな》や、とわは踵《きびす》を返そうとした。

「じゃあ、私はこれで。バスの時間だから」

とわの家はさらにバス停二つ分先だ。だが一歩が進めなかった。腕《うで》を引っ張られたのだ。

「えっ?」

「せっかくだから一緒《いっしょ》に行こうぜ」

「え、えっ」

有無《うむ》を言わせぬほどの力ではなかったが、振《ふ》り切《き》れなかったのは、まださからえない魔法《まほう》にかかっていたのだろうか。あれよあれよという間に、とわは「名島電器店」の前まで来てしまった。

「閉まってる」

在は言った。

とわは、すでに知っていることだった。電器店が店を閉じたのは五年前だ。そして、とわがここへ来たのは、そのとき以来だった。

誰《だれ》もいませんように。

胸の前で手を組んで、せめて祈《いの》る。

古い二階建ての木造住宅兼店舗《けんてんぽ》。建物の一階部分には四枚分のシャッターが取りつけてあるが、すべて閉まっていた。

「やめちゃったのかな」

在が残念そうに見上げて言った。視線を追ったとわの目が「名島電器店」の看板をとらえる。残骸《ざんがい》のようにかかった白い看板は薄汚《うすよご》れ、文字も電話番号もはげかけていて、生気を感じなかった。

「引《ひ》っ越《こ》しちゃったかもよ」

なんとか諦《あきら》めさせようと、とわは言ったが、在はさっさと店の前に自転車のスタンドをたてた。

「定休日という可能性もある」

あくまでも粘《ねば》り強《づよ》さを発揮する在は、店の周りを点検するように歩き出した。そしてすぐに「おっ」と声をあげた。

「引《ひ》っ越《こ》してはいない。洗濯物《せんたくもの》が干してある」

隣《となり》の家との境目をのぞき込《こ》んで、実証をつかんだようだ。いそいそと戻《もど》ってくると、迷わずシャッターのはじっこにある住居用玄関《げんかん》についていたインターフォンを押《お》した。

どうか留守でありますように。

とわは、はらはらしながら、二階部分を見上げた。二階には三面の窓があってすべてのカーテンは閉められていた。が、
げっ。

そのうちの一か所が、ひらりと動いたように見えた。

誰《だれ》かいる？

どきっとして目をそらしたが、在は押しても押しても、反応のないインターフォンに業《ごう》を煮《に》やしたようだ。

「出てこないな。電器屋なのに、インターフォン、壊《こわ》れてるのかな」

首をひねって今度はシャッターを叩《たた》きはじめた。

「ごめんくださーい。インフィニティ高校の数学研究部の者です」

正々堂々素性《すじょう》を明かし、丸めたこぶしを打ちつけた。

「近所迷惑《めいわく》だよ」

慌《あわ》てて止《と》めると、さすがに思いなおしたようにやめた。

「留守か」

「うん。そうだよ。留守だね」

ひらりと動いたカーテンのことは黙《だま》って、とわは言い切った。家の中にいるらしい誰《だれ》かに出てくる気がないらしいのに、ほっとしていた。

「仕方ないな」

やっと諦《あきら》めたかと思ったが、在は鞄《かばん》の中からレポート用紙とシャーペンを取り出した。

「伝言?」

「ああ、訪問の趣旨《しゅし》だけは伝えとかないと」

言いながら、さらさらとペンを動かしはじめた。

〝インフィニティ高校の数学研究部の一瀬《いちのせ》在です。名島くんに数研に入ってほしくて来ました。〟

在は一気にここまで書き、少し思案した。そしてにこっと笑った。いいことを思いついたような顔でシャーペンを握《にぎ》りなおし、続きに戻《もど》る。

〝突然《とつぜん》ですが問題です。無限の先には何があるでしょう。〟

「無限の先?」

問題を読んだとわは、首を傾《かし》げた。

「そんなものあるの? 無限は先も込《こ》みなんじゃないの?」

「うん。なるほど。その表現もおもしろいね。でもこの問題は、人間の考察の永遠のテーマのひとつなんだよ。古代ギリシャの人も考えてきた」

在は言いながら、いかにも嬉《うれ》しそうにレポート用紙を切り取って折りたたみ、玄関《げんかん》の新聞受けに差し込んだ。

そして、一仕事終えたように建物を見上げたが、その目をはっと大きくした。

「あ、あれは」

まずい。

先ほど動いたカーテンのすきまから、人影《ひとかげ》でも見えたのかと慌《あわ》てたが、在が続けたのはまったく関係のないことだった。

「四桁《けた》最大の素数だ」

「はあ?」

「ほら、あれだよ。電話番号。下《しも》四桁の数」

「9973?」

とわが、ところどころはげかけた数字をなんとか読み取ると、在はさも嬉《うれ》しそうにうなずいた。

「そう9973は四桁《けた》最大の素数なんだ。すっげえ、感動」

「感動……」

古びた看板に書かれた、はげかけた数字に激しく心を揺《ゆ》さぶられるなんて。

やっぱこの人、相当変。

とわは、しげしげと在の横顔を見た。

あっ。

だがもう一度看板を見上げて、とわは、またどきっとする。視界の端《はし》でカーテンがまたひらりと揺れたのだ。四桁最大の素数を愛《め》でる在は気づいていないようだったが。

〝その村には、ひとりの妖精《ようせい》が住んでいました。名前はナジャカン。恥《は》ずかしがりやで、そのくせ短気な変わり者の妖精です。家は村でいちばん高いヤシの木の上です。

ナジャカンは村人の集まるところにときどき現れては、へんてこりんな落書きをしたり、テーブルの上のごちそうをひっくりかえしたりするので、迷惑《めいわく》がられていました。

でもナジャカンには、大変得意なことがありました。それは計算です。ナジャカンは寝《ね》ることより、三度の食事よりも、計算が好きでした。

けれども、いかんせん粗暴《そぼう》なので、だんだん村の人から嫌《きら》われていきました。ついには、「悪いことをしたら、ナジャカンが来るぞ」などと、子どもたちへの脅《おど》しや戒《いまし》めに使われるようになってしまいました。それを聞いたナジャカンは、とても悲しくなってしまい、家の中に引きこもってしまいました。

でも本当は寂《さび》しいのです。ヤシの木の下を村人が通りかかるのを、葉っぱの陰《かげ》からちらちら見ては、ため息をついているのでした。〟

次の木曜日。とわは、放課後を待って303教室へ急いだ。

レポート用紙は置いてあるだろうか。

もし、解かれたミステリー解答と潤の家の新聞受けに差《さ》し込《こ》んできたレポート用紙が並べておいてあったら、問題を解いたのは、潤だという推理が成り立つ。ミステリー解答だけがあれば、潤ではない別の人物の可能性が出てくる。

どっちだろう。

とわは、息を弾《はず》ませながら、303教室に到着《とうちゃく》した。

中に入ると、すでに三人が教卓《きょうたく》を囲んでいた。

「どうだった?」

「あったことはあったよ」

「でも、フラット。半音下がった感じ」

「すかされた感じっすね」

章《しょう》は一枚のプリントとレポート用紙のはじを両手で持ち上げてみせた。

「あれれ」

とわも肩《かた》をすくめる。

「白紙?」

オリンピック問題のプリントには問題が書かれているだけ、つまり、月曜日に303教室に置いていったまま。一方の在が書いたレポート用紙のほうにも解答はなし。ただし、レポート用紙のほうには、取り組んだ形跡《けいせき》が残っていた。ぐちゃぐちゃとしわが寄っているうえ、何度も書いては消したと見られる跡《あと》がある。ところどころに消し残した鉛筆書《えんぴつが》きがあった。

「おれが来たときには、こっちは机の下に丸めて放り投げてあった。わからないからいらついたのかな」

(まさか無限の先を計算しようとしたの?)

レポート用紙を見ようと、とわは顔を近づけたが、そのとたんに在は用紙を引《ひ》っ込《こ》めて自分の目に近づけた。そして、

「おっ」

と短く叫《さけ》んだ。

「何か読めた？」

だが、在が答える前に、とわの背後から声がした。

「ずいぶん苦闘《くとう》したようね」

「あ、先生」

やってきた朝先生は、在の手元をのぞきこんだ。今日の服装は黒いレザーのつなぎだ。いかにも女性ライダー風だが、乗ってきているのはあのキックスケーターだろう。

「オリンピック問題は手つかずでした。難易度はそんなに高くなかったんですけど」

「不戦敗っす」

「でもこれで、確定かもね。このレポート用紙は、直接その生徒の家に届けた。するといつもと同じ水曜日に、ここに解答が置かれた。ゆえにこれまで水曜日にオリンピックの過去問を解いていたのは、この生徒」

先生は証明問題の解答形式で言った。

「確率は高いですね」

在はうなずき、とわも静かに首肯《しゅこう》した。

うっすら残っていた消された筆跡《ひっせき》は、やはり独特だった。何やら計算してみたり、証明問題の解答文を書いたりしていたようだが、そうしているうちに、ぐちゃぐちゃと丸めて放置していったのだろう。オリンピック問題が白紙なのは、そこまで手が回らなかったからだろうか。

「で、この生徒はなんという名前だったっけ?」

響《ひびき》に尋《たず》ねられ、とわは、黒板に名前を書いた。

〝名島潤〟

すると、朝先生はなぜか明るい顔になった。

「まあ、潤くん?」

「知ってるんですか?」

「全然」

「なんだ」

思わせぶりな態度にとわは、がっくりしたが、先生は笑ったままだ。

「潤くんのことは知らないけれど、潤のことはよく知っているわよ。10の36乗の数」

「はあ?」

謎《なぞ》の説明にとわが眉《まゆ》を寄せると、章がスマホの画面を差し出した。漢字と数字が書かれた表が見えた。

「ほら、これっす」

インターネットの検索《けんさく》結果で、数字の単位とタイトルがついている。十から無量大数《むりょうたいすう》までの単位を表にしたものらしい。

「数ってこんなにあるんだ」

とわは画面に目を近づけた。
十、百、千、万、億、兆、京《けい》。
このあたりまでは知っていたが、その後も単位はずらずらと続いていた。

「垓《がい》、秭《し》、穣《じょう》、溝《こう》、あ、これっす」

章が示した澗という数字は、真ん中よりも下側にあった。

「数ってすごいんですね」

とわは、あっけに取られてしまう。どこまでも単位が定められているうえに、その名前が難しい。恒河沙《ごうがしゃ》だの阿僧祇《あそうぎ》だの読み仮名がないと読めないものもある。

「まったくな。無量大数なんて、『これで終わり』みたいな名前がつけてあるけど、実際はそうじゃないもんな。数字の末尾《まつび》に0をつけるだけで、どこまでも増えるんだから」

「無限音階っていうのもあるけどね」

「相撲《すもう》の決まり手は昔は四十八手だったっすけど、今は1・7倍くらいになっています」

部員たちが数に関しての見解を口々に言い、とわは目がくらむようだった。どんなに目を凝《こ》らしても視界が届かない、果てしない数の空間に放り出された心細い気分だ。

だが先生は、とわの不安を見通したように「ふふふ」と笑った。

「大丈夫《だいじょうぶ》よ。とわさん。あなたの勝ちだから」

「勝ち？」

「だってあなたの名前は永遠だもの」

「…………」

「どなたがつけてくれたの？」

「……祖父です」

鼻の奥《おく》がつんと痛くなる。奥から続く脳が熱を持ったようになる。

「まあ、そう。きっとセンスのよい方だったのね。いいお名前よね」

大げさなほどにほめてくれたあと、まるで文脈の合わない言葉が続けられた。

「だからあなた数研に入ったら」

「は？」

とわは、眉《まゆ》を寄せたが朝先生は真顔だ。

「だって数を上回る名前を持っているんだもの。案外数学に向いているんじゃない」

「無理です」

ほとんど反射のように返事が出た。それからとわは、自分の認識《にんしき》の正しさに自信を持ってうなずいた。自分の心情を表すのに、「無理」というほどぴったりの言葉はない。

「数学は、私の頭には難しすぎます」

「無理ってわりとみんな言うわよね。難しいって思《おも》い込《こ》んでいるだけかもしれないのに」

気のせいみたいに言わないでほしい。とわは頭をぶるぶる振《ふ》った。

「難しいどころじゃないんです。数学はとがってて怖《こわ》いくらいです」

実際、数学のテストが返ってくるたび、鋭利《えいり》な刃物《はもの》で胸をつつかれるような気分になる。

すると在が、お得な情報でも伝えるように明るく言った。

「とがったところを滑《なめ》らかにする微分《びぶん》があるよ」

なんじゃ、そりゃ。

お得どころか、役立たずな情報だ。

「私、くり下がりの引き算から苦戦しました。四桁《けた》以上同士の割り算もだめでした。どんなに頑《がん》張《ば》っても無理なんです。たぶん私の脳には数学を思考する部分がないと思う。まじで0点取ったことあるし」

恥《は》ずかしいカミングアウトさえして訴《うった》えた。

「今だって、マイナス×《かける》マイナスがどうしてプラスになるのかもわからないんです。マイナス3同士を掛《か》けたものと、プラス3同士を掛けたものがどうして一緒《いっしょ》になる？　借金に借金を掛けてチャラになるんだったら、借りまくったらいいって話じゃないの？」

言いながら、泣きそうになってしまった。本当に数学は理不尽《りふじん》だ。細心の注意を払《はら》って解答を出したって、裏切るように正負の間違《まちが》いが発生したりする。イコールを越《こ》えたら正負が逆転するのも変だ。赤道を越えたら暑さと寒さが入《い》れ替《か》わる？　そんなことはないだろう。いや、それは問題が違う。ほらこうしてぐちゃぐちゃ考えているうちに、数学はいつも、とわの手からすり抜《ぬ》けていってしまう。ともかく算数に関しては辛《つら》い履歴《りれき》を積み重ねてここまできた。さらにこれからも数学は続く。明日の一時間目も数学だ。

「ははは」

「ぶぶっ」

実際に涙《なみだ》が出てきたが、響と章は笑いはじめた。ただひとり在だけは笑わず、落とし物でも見つけたような声をあげた。

「ああ、それはいい目のつけどころだ」

「いい？」

「そう。マイナス同士の計算は確かに難しいんだ。簡単に説明がつかない。でもそんな疑問を抱《いだ》くのは、案外数学のセンスがあるかもしれない」

なんて、真面目な声で言った。

「なわけないでしょう」

もう逃《に》げ出《だ》してしまいたいほどだったが、そのまま逃げていかなかったのは、朝先生が、持っていた指示棒を伸《の》ばして、魔法《まほう》をかけるように振《ふ》りあげたからだった。

「私が教えてあげましょう。とわさん、ちょっと立ってみて。マイナス同士の計算を、やってみましょう」

「……はい」

とわは、操《あやつ》られるように立ちあがった。

在といい、朝先生といい、自分はどうしてこの人たちの言うことを、素直《すなお》に聞いてしまうのだろうか。

「今立っているところから、マイナス2歩進んでみてちょうだい」

「マイナス2歩進む？」

おかしな日本語ではあったが、とわは、とりあえず2歩うしろに下がった。進むと言われて前に行きそうになったが、マイナスなのだから後退するような気がしたのだ。

「そうですね。正解です」

「よかった」

ほっとする。

「ではそこから、またマイナス2歩進んでください」

「はい」

とわは、さらに2歩うしろに下がった。

「本当にそれでいい？」

「たぶん」

だってさっきと同じでしょう？

念を押《お》されると自信はなかったが、ほかに答えようがない。すると朝先生は在を呼んだ。

「一瀬くん、ちょっと同じ質問に答えてくれる？」

「はい」

指名されて在は立ちあがり、最初にとわが立っていたところに立った。つまり、現在とわがいるところから、4歩ほど前方だ。そして、

「まず、マイナス2歩」

と言いながら、うしろに2歩下がった。さっきのとわの行動と同じ。つまり、とわより2歩分前方に来た。が、

「そこからさらにマイナス2歩」

と言いながら、さっと体の向きを変えた。そして2歩後退した。結果、在はスタート地点に立った。

「え、なんで？」

とわは、元に戻《もど》った在を、不思議な気持ちで眺《なが》めたが、朝先生はうなずいた。

「そうね。この場合は在くんのほうが正解だわ」

「え〜」

そう言われてもピンとこない、とわに、朝先生は立ちあがり、黒板に一本の直線を書いた。0を中心としたまっすぐな線だ。それを等分に区切って数字を書き入れ、0から左側の数字にはマイナスの記号をつけた。おなじみの数直線だ。

「ではとわさんに質問です。日常生活でマイナスっていうとどんなイメージがある？」

「……あんまりよくないかもです。減るとか、赤字とか」

「そうよね。普通《ふつう》マイナスにはどうしてもそんなイメージがあるわよね。人間には欲がある。ないよりもあったほうがいいと考えるから、マイナスは減ったと思いがちなんだけど、じつはマイ

ナスは、ただの反対方向ってことなの」

「反対方向」

繰《く》りかえすとわに、うなずいて、朝先生は「ほらね」と指示棒で数直線を指示した。

「言われてみれば」

確かに直線上では、プラスとマイナスが0を境に逆の方向に位置している。

「だからまず、マイナス2歩進んだあとに、マイナス2歩進むということは、在くんがやったように反対側に2歩進むってことになるのよ」

「……え、そうなの?」

とわは、目をぱちぱちさせた。

マイナスはただの反対方向。半信半疑でやってみる。

「マイナス2歩、そこからまた、マイナス2歩」

言葉で確認《かくにん》しながら動いてみた。考えながらやったせいか、在の動きを見ていたときよりも納《なっ》得《とく》がいった。

「ああ。わかった、かも」

もう一度やってみる。

「マイナス2－《ひく》マイナス2は、マイナス2地点から反対方向に2動くので0になる。マイナス

2×《かける》マイナス2は、マイナス2がマイナス2あるということなので、反対方向に4移動してプラス4」

声を弾《はず》ませたとわに、響から声がかかった。

「ブラボー」

「すごいっす。そんなこと考えたこともなかったっす」

章が興奮ぎみに続ける。

「自分、正負の計算なんか、そういうもんだと思ってやってたっす。やり方覚えて、単に機械的に。いやあ、そんなことだったのか。すごいっすね」

感動しきりという感じだ。

「普通《ふつう》はそうなのよ。算数の得意な子って記憶力《きおくりょく》がいい子が多いから、どうして？　って考える前に解き方覚えて解いちゃうのよ」

「確かにね。楽譜《がくふ》を見ると指が動くみたいに、計算式を見たら自然に答えが出る」

「でしょう。それはそれでおもしろいから、どんどん解いちゃうんだけど」

「便利なことですね」

皮肉交じりにつぶやいたが、朝先生は確信を得たように言った。

「やっぱり、とわさんはいいわ」

「え？」

自分でも気がつかなかった数学のセンスを、朝先生が見抜《みぬ》いてくれたかと、ほんの一瞬《いっしゅん》期待が膨《ふく》らむ。

「こういう初歩的な感覚が数研には必要なのよ」

すみませんね、初歩的で。

「ですよ。初歩的だから、とてもついてはいけません」

期待したぶん、拗《す》ねた言い方になった。

「ついてきてとは言ってないわよ」

「…………」

さらに追い打ちをかけられ、プライドがずたずただ。

すると朝先生はフォローするように言った。

「でも、とわさんには得意なことがあるわよね。ほら、おもしろい文章を書くでしょ。あれはなかなか書けないものよ。本もよく読んでるみたいだし」

前につまらない落書きを目撃《もくげき》されているし、バス停で会ったときも文庫本を持っていた。プライドをわずかに持ちなおした。

「はい。読書は好きですけど」

「でしょ。きっと読書があなたの発想を柔軟《じゅうなん》にしているからだと思うわ。だからその発想を少しもらえないかなと思ってるの。研究の世界では、違《ちが》う発想をする人が与《あた》える刺激《しげき》が大事だったりするの」

「それはあるな。ノーベル賞につながる実験も、試薬の中に間違って入れたものが思わぬ反応を起こして、それがヒントになるっていうこともあるし。一度立ち止まって考えるっていうのは重要なことだ。現におれ、今、目が覚めたみたいな気分になってる」

「そうだね。優《すぐ》れた音楽家たちも、音楽だけやっているわけじゃない。絵画や自然からインスピレーションを受けることもある」

「相撲《すもう》だってモンゴルはもちろん、ヨーロッパや南米の相撲取りもいますしね。そのおかげで技《わざ》のバリエーションも増えてます」

次々にあがる賛同の声に言葉を挟《はさ》めないでいると、朝先生がとどめを刺《さ》した。

「ちょっとは数学の成績、あがると思うわよ」

「……そうですか？」

これには思わずぴくんとこめかみが動いた。とわは、案外努力家だ。これまでだって、好きで悪い点数を取り続けていたわけではない。過去の自分よりもよくなりたいと願うのは、向上心を持って生まれた人間にとって当たり前の感情だ。

「そりゃあそうよ。程度の差はあれ、努力は必ず報《むく》われるものよ。それにとわさん、考えることが好きみたいだし。案外数学に向いているかもしれない」

朝先生は熱のこもった目をして言った。そしてぴったりした黒革《くろかわ》に包まれた脚《あし》を、ゆっくりと組みなおしたのだった。

5

月曜日の放課後、帰宅しようと教室を出たとわは、廊下《ろうか》の先に意外な人を発見した。

どうしてここに？

反応した、とわの目をとらえた相手の目が、解答がわかったときのように、大きくなった。

「おおっ」

素足《すあし》ばきのサンダルが、ずんずん近づいてくる。

「一瀬《いちのせ》くん」

在《あり》だった。

「よかった。間に合った」

とわを待っていたらしく、在は嬉《うれ》しそうに声を弾《はず》ませたが、その姿は周りから著《いちじる》しく浮《う》いていた。独特な着こなしの見知らぬ顔の素足《すあし》男子。ちょうど文系コースの授業は終わったばかりで、廊下は人通りが多かったが、生徒たちは在から距離《きょり》を置きつつ通り過ぎている。そんな在が自分のところに直行してくるのに、とわは足をすくませた。

「入部の誘《さそ》いは断ったよね」

念を押《お》す。朝《あさ》先生からの誘《さそ》いは結局断った。少しは数学の成績があがるかもしれないのは魅力《みりょく》的《てき》だが、やはりレベルが違《ちが》いすぎる。唐人《とうじん》の寝言《ねごと》のようにしか聞こえない数研部員の発表を聞いたところで、成績があがるとは思えなかったし、ましてやお役にたてる気も全然しなかった。

「うん。それは聞いた」

在は軽くうなずいて、一枚のプリントを差し出した。

「今日はちょっと頼《たの》みがあってきたんだ。これを名島《なじま》のところに持っていってほしいんだけど」

「ええっ？」

拒否《きょひ》反応が出たが、視界に入ってきたプリントの活字は読んでしまう。

「〝関口《せきぐち》教授からのお誘い〟？」

「そう。十二月一日にQ大の関口教授がおれらに話をしてくれる機会を、朝先生が作ってくれたんだ。もしよかったら名島もどうかなと思って」

「……ふうん」

「すっげえ有名な教授なんだよ」

在は勢《いきお》い込《こ》んで、価値の重さを力説した。

「さっき朝先生からもらったんだけどさ、めっちゃ興奮した。関口教授は世界的な研究者で、超《ちょう》多忙《たぼう》な人だからこんな機会は貴重なんだぜ。きっと名島も興味あると思ってさ」

善良そのものの笑顔《えがお》だ。

「……そうねえ」

そういえば、潤《かん》が持ってきたと思われるレポート用紙には思考したあとがあったんだっけ。

とわは、レポート用紙を見たときの在の顔も思い出した。あのときの在もこんなふうに顔を輝《かがや》かせていた。何かに気づいたような声もあげていた。

そういえば、あれはなんだったのかな。

「水曜日に問題と一緒《いっしょ》に置いといてもいいんだけど、早く届けたいと思って」

思案するとわに、在はたたみかけ、

「それに、名島が水曜日に来なかったら意味ないし」

と続けた。あらゆる可能性を探《さぐ》るのも数学者の資質のひとつだろうか。しかしだからと言って、自分がお使いをするいわれはない。とわは、拒否《きょひ》の気持ちを込《こ》めて確認《かくにん》をした。

「……私が？」

「関口教授は世界的な数学者なんだ。数学が好きな奴《やつ》ならきっと興味を持つと思う。あと、ついでにこれも」

だが在は、とわの意向など気にすらしない様子でしつこく繰《く》りかえし、さらに用紙を一枚突《つ》き出《だ》した。折りたたまれているが、カラーのポスターか何かのようだ。その強引《ごういん》さに、とわは、一式をつい受け取ってしまった。

「てことで、悪いけど頼《たの》むな。おれ、これから数研だから」

満足そうに微笑《ほほえ》んで、在は行ってしまった。

「そんな」

ばたばたと走っていく背中に、とわは心細くつぶやいた。


名島電器店のシャッターは、やっぱり閉まっていた。とわは迷いながらここまで来た。

行くべきか、行かないべきか、ではなく、
会って渡《わた》すべきか。置いていくべきか。

今日はひとりだったので、多少は気が楽だった。学校からのお使いという大義名分も、とわの心を名島電器店に近づけていた。

二階を見上げる。前回来たときに、ひらりと動いたように見えたカーテンは、今日はぴったりと閉《と》ざされていた。

やっぱり置いていこう。

店の前まで来たものの、本人に会うのはやはり気が引けて、この間みたいに新聞受けに入れておくことにした。

腰《こし》をかがめて、鞄《かばん》からプリント類を取り出していると、ふいに背後で声がした。

「うちに何かご用ですか?」

「わっ」

だしぬけな声にとわは、跳《と》びあがって振《ふ》り向《む》くと、小さなおばあさんが立っていた。ちょうど買い物から帰ってきたのか、膨《ふく》らんだエコバッグを提《さ》げている。顔は直視できなかったが、少しかさついた声には聞き覚えがあった。

「あら、とわちゃんじゃないの」

「いえ、あの。すみません。はい、ごめんなさい」

たずねられて、とわは、へどもどと答える。

「あらまあ、久しぶりだこと」

とわもうろたえたが、相手も驚《おどろ》きを隠《かく》せない様子だ。無理もない。実際に会うのは五年ぶりなのだ。

「よく私ってわかりましたね」

ご無沙汰《ぶさた》をしている後ろめたさが、とわに敬語を使わせたが、おばあさんの声には湿度《しつど》が加わった。

「そりゃあんた」

とわは、控《ひか》えめに視線をあげた。白髪交《しらがま》じりのショートカットに化粧《けしょう》っ気《け》のない顔。申し訳程度に口紅だけは塗《ぬ》っているが、それも唇《くちびる》からはみ出していた。服装は、シャツにズボンにサンダルをつっかけた、ラフスタイル。ザ・おばあさんという感じ。

「当たり前だよ。自分の孫だもの。まだ私はそんなもうろくしてないよ」

顔をしかめてみせたが、表情には柔《やわ》らかさが混じっていた。久しぶりに孫娘《まごむすめ》が訪ねてきた喜びが、隠《かく》れているようにも見えた。

名島幸子《ゆきこ》、七十四歳《さい》。このおばあさんは、潤の祖母であり、とわの祖母でもある。つまり、とわと潤は、従兄妹《いとこ》同士なのだった。

とわと、潤の父親同士が兄弟。長男である潤の父、優作《ゆうさく》と、二男《じなん》のとわの父、修作《しゅうさく》。とわの苗字《みょうじ》が名島ではないのは、野崎《のざき》家の一人娘《ひとりむすめ》の母と結婚《けっこん》するに当たり、両親が話しあった結果だ。

「今ゴン高の帰り？」

「え、あ、うん」

「よかったらあがってってよ」

「え？」

「だって、なんか用事があって来たんだろ？」

「ま、まあ」

「ほら、あがってあがって」

祖母は、とわを追《お》い越《こ》して玄関《げんかん》のカギをあけ、手招きをした。それでもためらっていると、

「さあさあ、遠慮《えんりょ》しないで」

と、うしろから追い立てられた。

あっ。

玄関に押《お》し込《こ》められた瞬間《しゅんかん》、記憶《きおく》の隅《すみ》がつつかれた。視覚よりも嗅覚《きゅうかく》にきた。覚えのある匂《にお》いが鼻腔《びこう》を突《つ》いて、神経が弛緩《しかん》する。お線香《せんこう》とニッキ玉が混じったような匂いは、間違《まちが》いなく祖父母の家の匂いだった。

とわは、玄関を見渡《みわた》した。匂いからよみがえった記憶と、なんら変わったところはなかった。三人も立てば、いっぱいになってしまうような小さな三和土《たたき》に、造りつけの下駄箱《げたばこ》。下駄箱の上には、折り紙で作った鞠《まり》や、毛糸の服を着たキューピーや、フェルトで作った造花などがこまごまと飾《かざ》られている。祖母は手芸が好きなのだ。

そして足元には、かかとがつぶれた汚《よご》れたスニーカー。誰《だれ》のものだかすぐにわかった。

玄関を入ると右手に階段、左手から短い廊下《ろうか》が延《の》びている。

「お邪魔《じゃま》します」

「はいはい、こちらへどうぞ」

廊下《ろうか》を歩きながら声をかけると、先に行ってしまった祖母が奥《おく》から呼んだ。開かれていた廊下の左側のドアを入る。ここは和室だ。和室の半分はフローリングで、台所があり食卓《しょくたく》テーブルが置かれている。

形としてはＬＤＫだが、台所、食堂、茶の間という表現のほうがしっくりくる。

部屋は両側がガラスサッシで、一方が普通《ふつう》の掃《は》き出《だ》し窓《まど》、一方が電器店に通じているが、店側はすでにかたく閉《と》ざされていた。

あいかわらず掃除《そうじ》と整理整頓《せいりせいとん》が行き届いていた。祖母はきれい好きなのだ。潤を育てたとは思えないほどに。

「どうぞ、座《すわ》っててちょうだい」

茶の間の真ん中には、冬場はこたつになるちゃぶ台がある。

「はいどうぞ」

「あ、ありがとう」

祖母のお手製の座布団《ざぶとん》を受け取って、ちゃぶ台の一角に置き、その上に正座をした。

「そんな、正座なんてしないで楽にしててちょうだい。ちょっと待っててね。今、コーヒーを淹《い》れるから」

「どうぞおかまいなく」

はきはきと言う祖母に小声で返事をしながら、あたりを見るともなく眺《なが》めてみる。正面の壁《かべ》に沿ってテレビと背の高い本棚《ほんだな》が並び、店側の壁には、古びたミシンと小さな整理ダンス。部屋の中もほとんど変わっていなかったが、唯一《ゆいいつ》変わっていたのは仏壇《ぶつだん》だ。葬儀《そうぎ》のときには写真と香炉《こうろ》、鈴《りん》と位牌《いはい》だけが置かれた小机があった場所に、新しい仏壇があった。さほど大きなものではないが、つややかな木製だ。仏壇の扉《とびら》は開かれており、背広姿の祖父の写真と、小さな器《うつわ》に盛られたご飯と湯のみが供えてあった。

おじいちゃん。

とわは、写真をじっと見つめた。白髪頭《しらがあたま》に黒縁眼鏡《くろぶちめがね》。カメラをにらむような目元と狭《せま》い眉間《みけん》。いかつい顔の口元だけが、かろうじて緩《ゆる》んでいる。必死で笑おうとしているのか、あるいは決して笑うまいとしているか。いずれにしても、写真でさえ近よりがたい雰囲気《ふんいき》だ。つきあいが深かったわけではないが、記憶《きおく》にある祖父の顔はいつもいかめしい。とわにとって祖父は少し怖《こわ》い存在だった。

チーン。

とわは鈴《りん》を鳴らして手を合わせ、頭《こうべ》を垂れた。

「ありがとね。おじいちゃんも喜んでるわ」

祖母が三つのコーヒーカップを載《の》せたお盆《ぼん》を運んできた。ひとつを仏壇《ぶつだん》に供え、テーブルに二つ置き、祖母も着座した。

「なんにもなくて悪いわね」

祖母は言いながら、自分のコーヒーカップにクリープを一匙《ひとさじ》入れた。

「入れる？」

「あ、うん」

とわは瓶《びん》を受け取って、瓶の中の匙で白い粉末をすくった。コーヒーは苦くてあまり得意な飲み物ではなかった。

「ああ、とわちゃんもたっぷり入れるほうなんだね。私もなのよ。だいたいコーヒーは苦手なくらいだったんだけど、おじいちゃんが好きで、慣らされちゃった」

「……そうだったね」

数少ない記憶《きおく》を探《さぐ》って、とわは、うなずいた。確かに記憶にある祖父はよくコーヒーを飲んでいた。たまにここへ来ると、小銭《こぜに》やクリップや輪ゴムの入ったゴールドブレンドの空き瓶がいくつも置いてあった。

「本当は豆を挽《ひ》いてフィルターで淹《い》れたのが好きだったんだけどね。そんなこと言ってられないわよね。だって一日五杯《はい》は飲まなくちゃ気が済まないんだもの」

「五杯も」

とわは、仏壇《ぶつだん》のコーヒーカップの湯気を見つめた。

「そうなんだよ。そのかわり、お酒は飲まなかったけどね。その遺伝なのかなんなのか、潤もコーヒーが好きでねえ」

祖母は天井《てんじょう》を見上げた。潤は二階にいるのだろう。三和土《たたき》にあった、かかとのつぶれたスニーカーを思い出した。

「いただきます」

スプーンを回してクリープを溶《と》かし、ミルクキャラメルみたいな色になったコーヒーを口に含《ふく》んだ。ミルクの香《かお》りと共に、ほの甘《あま》くはなったが、飲み下すとやはり苦みが喉《のど》の奥《おく》で主張した。

「修作は大阪《おおさか》からまだ戻《もど》れないの？　元気にしてる？」

「あ、はい」

父は去年から大阪に単身赴任中《たんしんふにんちゅう》だ。

「でも毎日ラインで連絡《れんらく》があって、元気そうだよ」

「ライン？」

「あ、えっと電話でやる伝言のやり取りみたいなものかな」

とわは語尾《ごび》を濁《にご》した。同じ敷地内《しきちない》に住む母方の祖母とは、毎日のように顔を合わせるうえにラインでもつながっているくせに、めったに会わない父方の祖母とは、音信不通なのが心苦しかった。

「ああ、スマホとかなんとかね。今は便利だね。まあ元気ならいいよ。あの子も法事と正月くらいにしか顔出さないから、さっぱり様子がわからなくって」

さらりとした言い方だったけれど、責められている気もした。ここ数年、この家に来るのは、息子《むすこ》である父親だけだからだ。

「で、とわちゃんも元気だった？」

「あ、はい」

「そりゃよかった」

祖母はそう言って、コーヒーを飲んだ。母親の名前を出さないのは、わざとだろうと察しがつき、出そうになったため息を引っこめて一緒《いっしょ》にコーヒーをすする。さっきよりもずっと苦かった。母と祖母の折り合いが悪いのは、誰《だれ》の目にも明らかなのだ。

「で、高校は楽しいかい？」

「……ま、まあ」

とわは目を落とす。カップの中は胸の重さを映すような濁った色に見えた。

「理沙《りさ》さんは元気？」

油断したとたんに母親の名前が出てきて、とわが顔をあげると、

「潤にも母親がいればって思うことがあるよ」

祖母はふうっと息をついた。

「………」

潤の家族は少々複雑だった。

祖父母の長男である優作と、その妻の美奈子《みなこ》の間に潤は生まれた。当時は祖父母とは同居しておらず、少し離《はな》れたアパートに親子三人で暮らしていた。だが、潤が四歳《さい》のころ、突然《とつぜん》美奈子が家出をしてしまった。そのときのことを、とわはよく覚えている。

「しゅっぽんですって⁉」

父から事情を聞いた母は、それまでに聞いたこともないような声をあげた。汚《きたな》らしいものでも吐《は》き出《だ》されるかのように発せられた「しゅっぽん」という言葉も初めて聞いた。四歳のとわの語彙《ごい》にはなかったのは当然だが、数年後に辞書で調べてみてもわからなかった。とわが使っていた学習辞書には記載《きさい》がなかったのだ。

だいたいのことがわかったのは、中学生になって電子辞書を買ってもらったときだった。広辞苑《こうじえん》が入っていたことが嬉《うれ》しくて、片《かた》っ端《ぱし》から文字を調べていくうちに、謎《なぞ》だった言葉を思い出して入力してみて、おばさんの行動を理解した。

〝しゅっぽん（出奔《しゅっぽん》）①逃《に》げて跡《あと》をくらますこと。逐電《ちくでん》。駆《か》け落《お》ち。「恋人《こいびと》と―する」②江戸《えど》時代、徒士《かち》以上の武士が逃亡《とうぼう》して行方《ゆくえ》をくらますこと。〟

今は江戸《えど》時代ではないので、①にしか該当《がいとう》しないだろうと推察でき、潤の母親は恋人《こいびと》と逃《に》げて跡《あと》をくらましたのだとわかった。

ともかく父親ひとりで四歳児《さいじ》を育てるのは困難なので、潤は祖父母の家で育てられることになった。仕事柄《しごとがら》転勤の多い父親はずっと単身赴任《たんしんふにん》で、ときどき実家に帰ってきている。

「母親がいれば、あの子も寂《さび》しくなかったのかもと思うけどね」

「………」

「何より私だってこんな苦労しなくて済んだよ。ねー、おじいちゃん」

祖母はとわが返事をしないのが物足りないのか、写真の祖父に同意を求めた。

「まったくうちの息子《むすこ》たちは……」

出た。

祖母の言葉に、とわは思わず片方の眉毛《まゆげ》をあげる。この発言こそが、とわの母親をこの家から遠ざけている元凶《げんきょう》だった。続くのは、「どうしてこんなに女運が悪いかね」なのだそうだ。そう言われて憤慨《ふんがい》した母は、それ以来めったなことではこの家に近寄らなくなってしまった。

長男は、妻に出奔《しゅっぽん》されて幼い子と残され、二男《じなん》は妻の口車に乗って婿養子《むこようし》に入ってしまったと思っている祖母は、原因を息子二人の女運の悪さに特定しなければやってられなかったのかもしれない。だが、とわの母にしてみれば愉快《ゆかい》な言い分ではないだろう。

祖母は言いかけた言葉を止《と》めた。自分を諌《いさ》めるように肩《かた》をすくめて、コーヒーを一口すする。

「せめておじいちゃんでも長生きしてればねって思うよ」

祖母は言いなおして、また小さなため息をついた。さすがに孫の前でははばかられたのだろうが、そのかわりにこう言った。

「おじいちゃんのいるうちは、潤はいい子だったもの。まあ、学校ではいろいろあったみたいだけどね」

小学校での潤のいろいろを祖母に伝えたのは、とわの母だ。ほとんど苦情を申し立てるような口調だったことは、とわも知っている。

「家ではいい子だったもの」

「うん」

すまないような気持ちになって、とわは視線を写真に移した。頑固《がんこ》そうな顔。責められ感が二倍になる。だからちょっとやっかんだ気持ちにもなった。

「おじいちゃん、潤ちゃんのことかわいがっていたもんね」

祖父は明らかに潤をえこひいきしていたのだ。

「よく算数を教えてたわね。鶴亀算《つるかめざん》とか植木算とか。とわちゃんも教わったことあっただろ」

「あ、うん」

とわの答えは湿《しめ》っぽく沈《しず》む。あまりいい思い出ではない。

祖父は若いころから理数系が得意だったらしく、とわも算数を教わったことがある。たいてい潤も一緒《いっしょ》だった。どんどん理解する潤の隣《となり》で、とわは文字を逆さまに読み書きしているみたいな気分だった。

「潤は賢《かしこ》いなあ」

いかめしい顔のまま言う祖父が、とわには恐怖《きょうふ》だった。いつ「それに引《ひ》き換《か》え」と続くのではないかとびくびくしていた。

それだけではない。てんでできない、とわの様子を見つめている母の形相も怖《こわ》かった。我《わ》が子《こ》が同じ年の従兄《いとこ》に負けているのが快くなかったのだろう。しかも潤は、学校では問題児だ。家庭にも問題がある。社会的に正しいことをよしとする母としては、そんな潤に、しっかり育てているはずの自分の娘《むすめ》が負けるのが我慢《がまん》できなかったらしい。

そこに火を注いだのが、母に対して放った祖父の言葉だった。

「うちはだいたい理数系だがね。野崎の家が数字に弱いのか」

一族まるごとの責任にされたことを、母はまだしつこく覚えているようで、何かにつけて蒸《む》しかえす。それも「女運が悪い」とセットでだ。そのたびにとわも嫌《いや》な気分になり、結局祖母の家からは遠ざかってしまったのだった。

「潤ちゃん、算数好きだったもんね」

「おじいちゃんに言わせると、潤は天才らしいよ。私が『ずいぶん扱《あつか》いにくい天才だね』って言ったら『天才は変わってるもんなんだ』って、こうよ」

祖母は口を尖《とが》らせながらも、ちょっと得意そうだった。

「まあそれも、不憫《ふびん》な子だから特に目をかけてやろうとしてたんだろうけどね」

そうなの、かな。

とわはいかめしい写真に目をやった。潤ばかりかわいがっていると煙《けむ》たかった祖父だが、そんな配慮《はいりょ》があったのだろうか。

そのとき頭上で、コトリ、と音がした。とわは天井《てんじょう》を仰《あお》ぐ。

「潤ちゃん、上？」

「そうなのよ。ほとんど二階の部屋にこもりっきり。それでも水曜日だけは学校に行くようになったんだけどね」

祖母はコーヒーをもう一口飲んだ。

「今考えれば小学校のころはよかったよ」

小学校時代、「変わった子」という認識《にんしき》はされていたものの、比較的《ひかくてき》おおらかに受け入れられていた潤が、周りから浮《う》きはじめたのは中学校に入ってすぐのことだったという。潤の個性を知らない他校出身の生徒にいじられはじめ、潤は荒《あ》れがちになったという。

「とわちゃんは、学校が違《ちが》うから知らないだろうけど」

祖母は、やれやれというように肩《かた》をすくめた。

「中学校に入ってまもなくよ。学校でいじめられたらしくて、家に帰ってきたらその八つ当たり。私も最初はなだめたり、励《はげ》ましたりしてたんだけど、だんだんひどくなっちゃって。物を投げたり叫《さけ》んだり、大騒《おおさわ》ぎ。こっちまでおかしくなりそうだったよ。おじいちゃんは死んじゃったし、たまに帰ってくる息子《むすこ》は当てにならないし」

そしてあるとき、事態は一変する。それまで暴れることで、うさを晴らしていた潤が、なぜか一転、部屋に引きこもりがちになったという。

「おとなしくはなったんだけど、それはそれで心配だったよ」

祖母は身を乗り出すようにして、訴《うった》えた。

それでもなんとか、必要な出席日数分だけは学校に通い、高校受験もした。第一志望だったインフィニティ総合学園高等部の理系コースには不合格となったが、第二志望の工業科には合格した。ほかの教科はからきしだったが、数学の点数が突出《とっしゅつ》していたからだろうと祖母は言った。

「ゴン高に行けることになったときは、私も嬉《うれ》しかったよ。本人も喜んでるみたいだったしね」

とわは、もう一度天井《てんじょう》を見上げた。あれから物音もしない。従妹《いとこ》がここにいることを、潤はきっと知らないだろう。

「でもやっぱりだめだったのよ。工業科って、ちょっとやんちゃな子もいるでしょう？　そういう子たちからいじめられちゃって。じきに行かなくなっちゃった」

祖母は渋《しぶ》い顔をして事情を説明した。それでも水曜日だけ登校するようになったのは、担任の先生が、熱心に諭《さと》してくれたからだという。

「人と会話ができなくなったら、世の中がどんどん怖《こわ》くなって、将来にもよくないから少しでも外に出たほうがいいって、先生が。まあ、私とは普通《ふつう》にしゃべるんだけどね。あと私の友だちともね」

「おばあちゃんの友だちって、お年寄りだよね」

「ああ、みんな同世代だよ。よくここで手芸したりしてんの。あの子も相手が大人のほうがやりやすいみたいだよ。ほら、年寄りっ子だから」

「ふうん」

とわには、潤がおばあさんたちとどんな話をしているのか想像がつかなかったが、なんとなく平和的な雰囲気《ふんいき》は感じられた。

「それでも学校には行ったほうがいいってことでカウンセラー室っていうの？　今どきはしゃれ

たところがあるもんだけど、そこにだけ行ってる。その他の日は……」

天井《てんじょう》に向かって指をさした。

「部屋でひねもす計算してるのよ」

「計算？」

「そうなのよ。よく引きこもりの子はゲームしてるってテレビでも言ってるじゃない。あ〜嫌《いや》だねって思ってたの。だって、気味悪いよ。機械に操《あやつ》られてるみたいじゃない。いい若い者がさ」

祖母はさも嫌そうに片手を払《はら》ったが、すぐに意外そうに口をすぼめた。

「だからこわごわ部屋をのぞいてみたんだけど、テレビもパソコンもスイッチがついてなかったの。寝《ね》っ転《ころ》がってガリガリ、ガリガリ、書いてるの。あの子、集中すると周りが見えなくなってしまうから、私が入っていったことにも気がつかなかったんだけどね。のぞき込《こ》んだらさすがに気がついたよ。やっていたのは数学の問題」

「………」

一心に問題を解いている姿が見えるかのようだった。潤は、ナジャカンのころからそうだったのだ。ひたすらガリガリやっていた。算数の問題を解いていたり、例の数字と記号でできた、意味不明のものを書いていたり。それを授業中だけではなく、休み時間も給食の時間もやっていた。あんまり夢中で書いていて、ときどきノートや紙からはみ出していたが、かまわずに書き続けていて、足りなくなると、机の上にも書いていた。そのせいで、潤の机は真っ黒だった。

「帰るね」

いろんな記憶《きおく》が掘《ほ》り起《お》こされて、いたたまれなさがこみあげた。

「ああ、もう？」

祖母はちょっと名残惜《なごりお》しそうだったが、引き留めはしなかった。そのかわり嫌味《いやみ》をつけ加えるのも忘れなかった。

「そうだね。ここに長居してたら、理沙さんに叱《しか》られちゃうかもしれないしね。でもよく来てくれたよ。ありがとう」

「あ、そうだった。えっと」

思い出して鞄《かばん》の中からプリントを取り出す。在から押しつけられた〝関口教授からのお誘《さそ》い〟だ。

「これを預かってきたんだった」

差し出すと、祖母も立ちあがって受け取った。

「はて、なんだろう。潤に渡《わた》せばいいの？」

そう言いながら、ちゃぶ台の上に置いてあった老眼鏡をかけ、プリントに目を近づけた。

「まあ、Q大の先生？　それは大変だ」

「あと、これも」

とわは、折りたたんだままのポスターも出した。

「へえ、数学オリンピック」

祖母が広げたのは、数学オリンピックのポスターだった。

「いろんなオリンピックがあるもんだねえ」

祖母は関心とも無関心ともつかない調子で言って、ポスターを眺《なが》めていたが、元のように折りたたんで仏壇《ぶつだん》のコーヒーの隣《となり》に供えた。そしてチーンと鈴《りん》を鳴らし、何かをお願いするように手を合わせた。


久しぶりに祖母の家を訪ねたことを、とわは、母親には言わなかった。潤の家の話題はなんとなくタブーになっている。ひとたび話を始めると、付随《ふずい》する名島家との黒エピソードが母親の口からどんどん飛び出してきて、決して楽しい気分にはならない。父親が母親の苗字《みょうじ》を名乗ることになった最初から、そもそも折り合いが悪かったらしいが、潤のおばさんが出奔《しゅっぽん》し、潤の問題行動が顕著《けんちょ》になり、さらに悪化してしまっている。

だから、とわも潤の家族には触《ふ》れないように暮らしてきた。母の愚痴《ぐち》は聞きたくはない。

小学校では、従妹《いとこ》であることは自分の口からは言わなかった。中学校のときのいじめのことも多少は耳に入っていたが、自分にできることがあるとは思えなかった。むしろ差し出がましいことをしたら、潤だって迷惑《めいわく》だろう。

そう自分に言い聞かせた。

君子《くんし》危《あや》うきに近寄らず。

は、自分の心を守るために獲得《かくとく》したスタンスだった。

そして今では、潤の話をしようとすると、喉《のど》の奥《おく》に言葉が引っかかって出てこなくなってしまっている。

口から出ない話のかわりに、とわは、物語の続きを書いた。


〝家にこもっているナジャカンが、毎日何をしているかというと、それはもちろん計算です。ナジャカンには、おじいさんとおばあさんがいました。悲しいことにおじいさんはもう亡《な》くなってしまいましたが、ナジャカンが小さいころ、算数をよく教えてくれました。だから、算数の勉強をすることはおじいさんを思い出すことでもありました。ナジャカンは、おじいさんが大好きだったのです。だから今でも夢中で解いていると、おじいさんと一緒《いっしょ》にいるような気持ちになるのでした。

けれども毎日家の中ばかりにいてはよくないので、ある日おばあさんは言いました。

「週に一度だけでも外に出たらどうだい？」

そう言われても、ナジャカンは気が進みませんでしたが、おばあさんはちょっと気になることも教えてくれました。

「村の中心に若者が集まって、数学の問題を解いているところがあるんだって」

これにはナジャカンの心がぐらりと揺《ゆ》れました。だって計算は大好きです。そこで、ナジャカンは村のみんなが寝静《ねしず》まったころ、こっそり行ってみることにしました。ある水曜日の夜中のことでした。〃

6

「とわちゃん、ごっめーん」

二日後、美織《みおり》が普通科《ふつうか》の教室にやってきた。いい予感はしなかったが、やはり「一緒《いっしょ》に取材に行ってくれる?」と言う。「なんの?」と尋《たず》ねる前に、行く先を告げられた。

「ピアノの校内予選と相撲《すもう》の市内大会。一緒に行く予定だった子が、急に行けなくなっちゃって。お願い」

とわが返事をする前に、美織はプリントを綴《と》じたものを二部差し出した。十月二十六日土曜日の〝ピアノコンクール校内予選〟と、十月二十七日日曜日の〝高校相撲部市内大会〟の概要《がいよう》だった。

もしかして。

受け取ってめくってみると、予想どおりの名前があった。

ピアノの予選には、桐原響《きりはらひびき》。相撲大会には、上山田章《うえやまだしょう》。

「わかった。行くよ」

ピアノにも、ましてや相撲にもまるで興味はなかったが、知っている人が出るのは、つきあうくらいのモチベーションにはなった。

「よかった～、じゃあお願いね。私も行くから」

今度は丸投げにしないつもりらしかったが、

「こっちだけ」

美織は一方を指さし、現金な笑顔《えがお》を浮《う》かべた。


「桐原くんのお家《うち》ってね。総合病院なのよ」

ピアノコンクールの校内予選の日、いの一番に美織が教えてくれたのは、ピアノとはまったく関係のない情報だった。

新聞部の腕章《わんしょう》をつけた二人は、芸術科のコンサートホールに座《すわ》っていた。美織が選んだ「こっち」は、ピアノコンクールの校内予選のほうだった。

会場となるコンサートホールは、高校のホールとはいえ、五百人くらい収容できる立派な施設《しせつ》だ。舞台《ぶたい》では校内外の団員によるオーケストラの演奏が定期的に行われる。

インフィニティ総合学園高等部の音楽コースは有名で、ピアノの全国大会でも毎年入賞者が出る。去年は、ワンツーフィニッシュだったという。つまりこの校内予選イコール全国の入り口になると言ってもよい。だからだろう、ホールには生徒以外の観客も大勢来ていた。

「すごい観客だね」

とわがあたりを見回すと、美織が耳打ちをした。

「そうよ。地域の人も楽しみにしてるから。ほら、あの人。桐原くんのお母さん。お母さまって言ったほうがいいかな」

指の先に視線を動かすと、それらしい人が一目でわかった。ちょうど同じ列の真ん中あたりに座《すわ》っていた。一見して華《はな》があり、セレブという感じだ。自然なウェーブのついたセミロングヘアで、光沢《こうたく》のある白いブラウスを着ている。きちんとメイクをしているが、厚化粧《あつげしょう》ではなくごく上品。整った横顔が響に似ていた。

「女優さんみたいだね」

「お母さまもピアニストなのよ。CD出してるんだって」

「よく知ってるね」

とわが言うと、美織は当たり前だと言わんばかりに、うなずいた。

「みんな知ってるわよ。芸術科に限らず学校の有名人よ。桐原くんは王子だから。私狙《ねら》ってるの」

「へえ。私は数研ってことしか知らなかったよ」

ぽつりと言うと、

「数研?」

美織は怪訝《けげん》そうな顔をした。

「そうよ。桐原響くんだよね。数研にいるよ。なんか、数学と音楽を重ねあわせて考えてるみたいだよ」

とわが言うと、美織は色めき立った。

「えぇーっ、知らなかったよ」

「数学と音楽の美しさを探す旅をしてるとかなんとか言ってたよ」

「そんなことなら最初から、私が数研の取材に行ったのに〜」

美しさ探究の旅ではなく、響の動向を把握《はあく》していなかったことに反応している。

「狙《ねら》ってるのにうかつだね」

「私としたことが」

美織はしみじみと悔《くや》しがっていたが、すぐに切《き》り替《か》えた。

「まあいいわ。あとからお母さまにインタビューに行くから、とわちゃん写真よろしくね」

「保護者にもインタビュー?」

「役得よ」

美織はにんまりと笑い、「しっ」と口の前に指をたてた。予選会が始まるらしかった。

ピアノのコンクールを鑑賞《かんしょう》するのは、とわにとって初めてだった。もちろん演奏だけなら何度も聴《き》いたことがある。特に高校に入学してから、音楽コースの生徒たちによる演奏を聴く機会が増えた。文化祭しかり、入学式や卒業式などのセレモニーしかり。始業式や終業式のときでさえ簡単なコンサートが行われる。緊張《きんちょう》する式典で音楽が流れると、少しほっとすることもある。

けれどもコンクールとなれば、また趣《おもむき》が違《ちが》っていた。会場内は、リラックスよりも張りつめた空気が感じられた。

十三人ほどの参加者のうち、響は七番目に登場した。美織は事前に撮影《さつえい》を終え、着席した。響の演奏をしっかりと堪能《たんのう》するつもりらしい。演奏の様子を書き留めていたとわも手を止めて、響の演奏を聴くことにした。

ステージに響が登場すると、ひときわ大きな拍手《はくしゅ》が起こった。有名人だけあって、いつの間にかギャラリーも増えている。

「すごい人気なんだね」

「かっこいいもん」

美織がうるうるした目で見つめる先で響は、観客に向かって一礼すると、それだけでため息のような歓声《かんせい》がもれた。それらを引き受けて響は颯爽《さっそう》といすに腰《こし》かけ、髪《かみ》をかきあげた。

会場の人たちが一気に息を吸《す》い込《こ》む。酸素濃度《さんそのうど》が薄《うす》くなってしまいそうな中、響はすっと背筋を伸《の》ばし、目をつぶった。集中するためのしかるべき間を取ったあと、鍵盤《けんばん》に指を振《ふ》り下《お》ろした。

ターンタタターンタタターン。

ショパン『華麗《かれい》なる大円舞曲《だいえんぶきょく》』。有名な曲なので、とわも聴《き》いたことがある。予選会の曲は課題曲で、全員が同じ曲を演奏することになっている。

タンタタタン、タンタタタン、タンタータタン……。

響は鍵盤を叩《たた》きはじめた。

「同じ曲なのに、音が全然違《ちが》うよね。すごくゴージャス」

隣《となり》で美織が声を潜《ひそ》める。

「そう？」

とわには、音の違いまではわからない。美術コースとはいえ、さすがは芸術科だなと一瞬《いっしゅん》思ったが、あばたもえくぼの類いかもしれない。何しろ美織の目はハート形だ。ただ、響の演奏がとてもうまいのはわかった。全然間違えないし、音が力強い。安心できるからか、音がすーっと入ってきた。そのうちヨーロッパの貴族たちが踊《おど》っている様子が気持ちよく心に浮《う》かんできて、とわの胸も弾《はず》んだ。

音楽の美しさ。

自己紹介《じこしょうかい》で響が言ったときにはピンとこなかったが、美しさが心を弾《はず》ませるということは、多少は実感できた気がした。

タンタタタン、タンタタタン、タンタータターン。

知っている曲ということもあり、気持ちも盛りあがり、曲の山場に来ると、胸の鼓動《こどう》が音を追いかけて共鳴するようだった。

それまで冷静沈着《れいせいちんちゃく》に演奏していた響も、感情が乗ってきたのか、気持ちよさそうに体を揺《ゆ》らしはじめた。指が動くに任せているように自然で、そうなると、音にさらなるパワーが出てきた。

観客たちも引《ひ》き込《こ》まれている。一緒《いっしょ》に舞踏会《ぶとうかい》で踊《おど》っているみたいだ。

「ああ、もう少し聴《き》いていたい」と思ったところで、響は最後の和音を力強く縦に響《ひび》かせ、演奏を終えた。潔《いさぎよ》いほどの音が、演奏全体に余韻《よいん》をもたらせた。

「ブラボー」

隣《となり》の美織が立ちあがって拍手《はくしゅ》をすると、ほかのファンも負けじと立ちあがり、ちょっとしたスタンディングオベーションになってしまった。公正な審査《しんさ》の妨《さまた》げになるので、すぐに注意のアナウンスがされたが、素晴《すば》らしい演奏だったのは、とわの耳にもよくわかった。

その後、男女合わせて六人の生徒が演奏を終え、審査のための時間が取られた。その間を利用して、美織は響の母親にインタビューに行くという。

「私が話を聞くからメモと写真をお願い」

と言うので、とわは従った。

「すみません。新聞部の前田《まえだ》美織と言いますが、保護者の方ですか」

美織はちゃっかり自分の名前をアピールしつつ、しらばっくれた質問をした。

「ええ。桐原響の母親です」

「ちょっとお話をいいでしょうか」

腕章《わんしょう》をアピールしながら言うと、響の母親は「いいですよ」とゆったりとした微笑《ほほえ》みを浮《う》かべた。

「今日の息子《むすこ》さんの演奏はいかがでしたか？」

「よかったと思いますよ。いつもどおりですね。ミスタッチもなかったし、リズムの狂《くる》いもありませんでした。基本中の基本ですけれどね」

さすがは音楽の専門家らしいコメントだ。とわは、書《か》き逃《のが》さないようにペンを走らせた。

「それじゃあ今年も一位通過ですね」

美織は、はちきれそうな笑顔《えがお》を作った。

「そうねえ。審査《しんさ》は水物ですからなんとも言えませんけれど」

慎重《しんちょう》に前置きをしたうえで、こう言った。

「私が聴《き》いたところ、音はいちばんクリアでした。本人も気持ちがよかったと思います。あの子には絶対音感がありますから」

「絶対音感」

とわは、繰《く》りかえしてしまった。知っているワードだが、実感できない感覚だ。

すると響の母親は、上品そうに笑いながらもすっと背筋を伸《の》ばした。

「ええ。音楽を専門にやっていこうとするならば、必要不可欠な感覚ですよ。素質といってもいいかしら。この世の中の音は、すべて音律で表すことができるんですけど、絶対音感がある人には、しゃべっている音も音律に聴こえるんです」

「素敵《すてき》ですね」

と美織。

「大変そうですね」

と、とわ。

「ともかくこれがないと話になりません。あの子にはきちんとあります。そしてとても正確です。何しろね、あの子、完璧《かんぺき》なラの音を発して生まれてきたんですよ」

「ラ？」

「ラ？」

今度は声を合わせると、母親は少し眉根《まゆね》を寄せた。そして「ラー」と一声きれいな声を響《ひび》かせた。正しいラの音階だろう。

「私たちは普段《ふだん》、さまざまな音を耳にしますけれどね。そうしたらいろいろな『ドレミファソラシド』が存在することになるでしょう？　それでは困ります。だから国際的な取り決めとして、『ラー』の音だけ440ヘルツと定めてあるの。響の産声《うぶごえ》はね、完璧《かんぺき》な『ラー』だったわ」

そのときのことを思い出すような遠い目をしながら、母親は「ラー」のたびに高く声を伸《の》ばした。

二十分間の審査《しんさ》ののち、三名の校内選出者が発表された。桐原響はめでたく一位で選出された。

十月二十七日日曜日、快晴。とわは、国体記念公園の相撲場《すもうじょう》にやってきた。

会場の国体記念公園は、サッカーや陸上競技ができる大きなスタジアムを中心施設《しせつ》とし、卓球《たっきゅう》やバドミントンなどの室内競技用の体育館、弓道場《きゅうどうじょう》や武道場、また子ども用の運動公園、さらには森林浴用に森まで有する大規模な公園施設だ。その中で相撲場はいちばん奥《おく》にある森の入り口にあった。屋外にある屋根つきの本格的な土俵だ。

腕章《わんしょう》をつけ、スマホとメモ帳が入ったポシェットを斜《なな》めがけにし、とわは、土俵をめざした。

「あっら〜」

土俵が見えたところで思わず顔が赤くなる。予想はついていたことだが、あたり一面にまわし姿の男子たちがいたのだ。まわし、つまり、裸《はだか》の下腹部に帯状の布を巻きつけ締《し》めあげただけの姿。いやがおうでも丸出しのお尻《しり》に目が行ってしまって、とわは焦《あせ》った。

世の中には「スー女《じょ》」という言葉もあって、お相撲《すもう》さん好きの女子は一定数いる。土俵の周りにも複数人のスー女がいて、カメラを片手に応援《おうえん》をしていたが、耐性《たいせい》のないとわは、目のやり場に困った。耳まで赤くしていると、目の前に予想外の人物が現れた。

「よっ」

「え？　一瀬《いちのせ》くん」

神出鬼没《しんしゅつきぼつ》。

一瀬在《あり》だ。

「なんで？」

在のむき出しのすねと両腕《りょううで》は見なれているが、今日はさらに露出《ろしゅつ》が多かった。在もまわし姿だったのだ。

ぽかんとしたとわに、在は顔をしかめた。

「なんでも何も、こっちも参ってるんだよ。急に助っ人《すけと》を頼《たの》まれて」

「助《すけ》っ人《と》」

「だよ。昨日の稽古《けいこ》でひとりけがをしたらしく、急遽《きゅうきょ》。団体戦は三人いないとだめなんだって」

「それは大変」

立場が同じだけに、とわは、深く共感したが、それにしては在の所持品はおかしかった。

「でも、それらのアイテムは？」

首に虫かごをかけている。さらに手には虫取り網《あみ》。まわし姿にはなんともシュールな取り合わせだ。

変態っぽいんですけど。

「ああ、これ？」

けれどもそれまで不機嫌《ふきげん》だった在は、一気にテンションをあげた。

「このあたり、虫の宝庫なんだよ。ついでに昆虫《こんちゅう》採集をしようと思ってさ。秋でも結構いるんだよね」

言うや否《いな》や、「あ、アオスジアゲハ！」と、さっそく追いかけていった。

「あ、野崎《のざき》さん取材ですか。おつかれっす」

そこへ章がやってきた。こちらのまわし姿は堂《どう》に入《い》っている。つけているほうが堂々としていると、案外恥《は》ずかしくはないものだ。

「ああ、上山田くん」

やっとほっとすると、章は眉《まゆ》を下げた。

「あれ、一瀬先輩《せんぱい》は？　困ったな、そろそろ開会式なのに」

「アオスジアゲハ追いかけていっちゃったよ」

「一瀬先輩は、虫博士なんすよ〜」

事情を話すと、章は大きな肩《かた》をすくめた。

「家で標本を見せてもらったことがあるんすけど、すごいっすよ。めっちゃたくさん作ってる」

「へえ」

宝石のような蝶《ちょう》の標本を思《おも》い浮《う》かべうっとりしかけたが、

「蝶だけじゃなくて、ダンゴムシとかハエとかもありました」

と続き、とわは想像のスイッチを切った。

「せんぱーい、試合までには帰ってきてくださいよー」

章は大声で叫《さけ》んだが、すでに在の姿は見渡《みわた》せる範囲《はんい》にはなかった。

開会式に続いて試合は始まった。相撲《すもう》の取組を見るのは、初めての体験だったが、なかなか迫《はく》力《りょく》があった。高校生ともなれば、すっかり体もできあがっていて、強豪校《きょうごうこう》の選手などは、すでにお相撲《すもう》さん然としていた。

そんな大きな選手たちが、ぶつかりあう光景は、間近で見ると圧倒《あっとう》される。仕切り線といわれる、土俵上に引かれた線の上に両手をついて構え、お互《たが》いのタイミングが合ったところで立ちあがり、ぶつかる。そのときのドシンという重い音や、動くたびにあがる土俵の砂しぶき、また、押《お》し合《あ》いのときに発せられる、「ほっ」とか「うっ」などの声。数度しか見たことがない、テレビの相撲中継《ちゅうけい》では感じられない臨場感に、とわは息を呑《の》んだ。

力と力がぶつかる。そこに生まれる新しい力がまたぶつかる。そのたび響《ひび》く、鈍《にぶ》く力強い音が、とわの、みぞおちにまで届いた。

相撲はストレートな競技だ。仕切り以外で、足の裏以外が土に触《ふ》れたり、土俵から出てしまえば負けとなる。ルールや決まり手などは知らなくても、一目瞭然《いちもくりょうぜん》のわかりやすさは初心者でも入《はい》り込《こ》みやすかった。

「西、インフィニティ総合学園高等部。東、小倉町北《おぐらまちきた》高校」

三番目の対戦で名前を呼ばれて、とわはスマホを構えた。見たところ、両校とも大きな体格差はないようだ。いちばん大きいのが章という程度で、少なくともこてんぱんにはやられそうになかった。

「一瀬在くん」

蝶《ちょう》を追いかけていた在は、すんでのところで間に合ったらしく、あたふたと虫かごを首から取って、土俵にあがった。相手もあがる。在よりも一回りほど小柄《こがら》だ。手元の対戦表を見ると、一年生となっている。

勝てるかも。

とわは、期待と共にスマホのシャッターを何度か切った。

在と対戦相手の一年生は、土俵の両側に立ち、軽くお辞儀《じぎ》を交《か》わし、ゆっくりと中央の仕切り線まで進んだ。

「見合って」

ジャージ姿の先生が、行司役として声をかけ、土俵上の二人は仕切り線の外側で足を開いて中《ちゅう》腰《ごし》になる。

「はっけよい」

声が響《ひび》き、二人のこぶしが土俵を叩《たた》いた。

「はいっ」

ばしん。

ひゅっ。

とわは、思わず息を吸《す》い込《こ》む。体中に力が入る。

そのとたんのことだった。相手は在のまわしを両手でつかみ、そのまま一気に土俵際《どひょうぎわ》まで押《お》した。ずずずっと、在は後退した。それに慌《あわ》てた在だが、土俵を丸く形作る小俵《こだわら》まで押しやられたところで我に返ったのか、そこで踏《ふ》ん張《ば》った。体をくねらせなんとか相手のうしろに回ろうとした。

「のこった、のこった」

行司の声。

「頑張《がんば》れーっ」

とわは、両手を握《にぎ》りしめる。

応援《おうえん》が届いたのか、在は体を入《い》れ替《か》え、持ちなおした。

「よし！」

だがしかし、とわも声をあげたそのとたん、相手は少し休んだ在の隙《すき》をつくように背中を押して倒《たお》した。

「勝負あり！」

行司が声を張り、在の負けは確定した。

「ただいまの勝負、はたき込《こ》み。はたき込んで小倉町北高校、鈴木《すずき》くんの勝ち」

あーあ。

とわは、無念な思いで在を見やったが、土俵際《どひょうぎわ》の在は、それ以上にがっかりしているようだ。むすっと土俵の端《はし》を見つめて、押《お》し黙《だま》っている。

続いた試合はどうにかインフィニティの選手が勝ち、星が五分《ごぶ》になったところで、章の名前が呼ばれた。

「うっすっ」

章は気合みなぎるような返事をし、立ちあがると、その場で四股《しこ》を数回踏《ふ》んだ。相撲取《すもうと》りが土俵上でやる、片足ずつをあげる準備運動のようなものを、とわは、初めて間近で見たが、驚《おどろ》くほどに足が高くあがっていたのは意外だった。

やがて対戦する二人は土俵にあがり、一礼のあと、仕切り線で構えた。

「見合って、見合って」

この勝負で勝ち負けが決まるとあり、見つめあう二人の目からは、鋭《するど》いビームでも出ているかのようだ。すでに勝負はここから始まっているのがわかる。

相手がこぶしで土俵を叩《たた》き、一瞬《いっしゅん》遅《おく》れて章もこぶしをついた。

とわが慌《あわ》ててスマホを構えた瞬間《しゅんかん》、バシンと体がぶつかる音がした。見ているほうも胸が高鳴り、無我夢中《むがむちゅう》でシャッターを切った。

音がおさまったので、画面から目をあげると、二人の選手はお互《たが》いのまわしをしっかりとつかみ、土俵の真ん中で組みあっていた。びくともしない。引きも押《お》しも効かない、拮抗《きっこう》している互《たが》いの力がせめぎあい、かろうじて均衡《きんこう》を保っている。

「のこった、のこった」

行司の声が響《ひび》く中、土俵の二人の体は、うっすら紅潮してきた。

のこって、のこって。

とわもスマホをおろして、両手を握《にぎ》りしめた。勝負をしているのは、まるで自分自身のように力が体にみなぎっていた。

「のこった、のこった」

動くことを促《うなが》すような行司のかけ声が、何度か続いたあと、均衡をこじあけるように章の両手が動いた。一瞬《いっしゅん》、相手の足が宙に浮《う》く。

「がぶって、がぶって」

インフィニティ側のコーチから声がかかると、それに合わせるように章は、相手のまわしを持ち上げるようにして小さなジャンプと共に外側に押しはじめた。

「がぶり寄る、がぶり寄る」

これが前に章がミステリー解答を評して言った「がぶる」という技《わざ》らしい。章は、相手のまわしを両手でつかんで持ち上げたまま、小刻みな両足ジャンプで前進して、相手を土俵際《どひょうぎわ》へ押しやっていた。全身の力を振《ふ》り絞《しぼ》らなければできない力技《ちからわざ》のようで、章は真っ赤になっていた。目をがっと見開き、歯を食いしばり、全身に力を込《こ》めている。なんとかがぶり寄りながら、土俵から相手を出して勝利を収めた。

「ただいまの勝負、寄り切り。寄り切って、インフィニティ総合学園高等部の勝ち」


次の試合までまだ少し時間があったので、部員にインタビューをしに行くことにした。

選手たちは時間待ちの間、他校の取組を見学したり、部員同士で稽古《けいこ》をしたり、それぞれに過ごしているが、インフィニティの選手たちは、土俵から少し離《はな》れたところで四股《しこ》を踏《ふ》んでいた。

「お疲《つか》れっす」

スマホとメモ帳を携《たずさ》えたとわを見ると、章は明るい声をかけた。

「おめでとう」

とわの祝福に、章は顔を引きしめた。

「ありがとうございます。でも次が本当の勝負っす。これから立ち合いの稽古をするところっす。相撲《すもう》は立ち合いが大事っすから」

そう言って、二年生の男子と向きあった。

「一瀬くんは？」

その場にいない選手の所在を尋《たず》ねると、章は、うしろを振《ふ》りかえった。

「あそこっす」

指をさした先を見ると、在の背中らしきものが見えた。土俵に背中を向け、森の入り口に座《すわ》り込《こ》んでいる。見るからにしょんぼりとした背中だ。

「だいぶ落ち込んでるみたいね」

「そうなんすよ〜。野崎さん、ちょっと励《はげ》ましてきてもらえますか」

「え、私が？」

「頼《たの》みます」

とわは拒否《きょひ》の意を示したが、章は詰《つ》め寄《よ》ってきた。このままがぶられるのは嫌《いや》なので、仕方なく踵《きびす》を返す。

どんな言葉をかければいいものか。

「一瀬くん」

驚《おどろ》かせても悪いと思い、近寄りながら呼んでみたが、背中は振り向かない。これは相当へこんでいるのだと覚悟《かくご》して、とわは、ゆっくりと在の前に回り込んだ。

「一瀬くん、お疲《つか》れさま」

が、ねぎらいの言葉はすぐに遮《さえぎ》られた。

「しっ」

「え？」

「そこ。カマキリが！」

在が自分の足元を指さし、視線を移したとわは、思わず叫《さけ》んだ。

「ぎゃっ！」

その瞬間《しゅんかん》、カマキリはぴょんと跳《と》んだが、在は行く手を読んでいたのか、網《あみ》でうまくつかまえた。

「よし」

「さすが」

相撲《すもう》の相手の動きは読めないが、虫の動きには詳《くわ》しいらしい。

「よしよし、この時期のカマキリは珍《めずら》しいんだ。しかもまだ元気に鎌《かま》を振《ふ》りあげて、威嚇《いかく》してたんだからたいしたもんだ」

在は、いそいそとカマキリを虫かごに収めた。そして、

「スポーツドリンクを飲ませてやろう」

と、ペットボトルのスポーツドリンクをティッシュに含《ふく》ませ、虫かごの中に入れた。カマキリはしばらく固まったようになっていたが、やがてティッシュにしがみつき顔をうずめた。

「すごい。飲んでる」

「これでさらに元気になるだろう」

在が満足げに笑ったので、とわも、すっかり安心した。

「一瀬くん、落《お》ち込《こ》んでるみたいだったけどよかった。負けて悔《くや》しがってるのかと思ったから」

「そりゃ、悔しいさ」

「え？　悔しいの？」

とわは、きょとんとする。自分で振《ふ》っておきながら意外な気もしたのだ。なぜなら在は助《すけ》っ人《と》で来ただけだ。それに目的は相撲《すもう》より昆虫《こんちゅう》メインらしいのに、負けたことを本気で悔しがっているようだった。

「負けることが平気なわけないだろ」

不機嫌《ふきげん》そうに言う。

「ご、ごめん」

謝《あやま》りながら、うかがった顔は少し赤くなっていて、在の負けん気の強さを認識《にんしき》せずにはいられなかった。

「なんにせよ、負けたら悔しいよ。悔しい思いをしないで済むには、負けないことだというのがわかってるだけに、さらに」

その根拠《こんきょ》を説明するための言葉があまりに静かな声だったので、かえってぞくっとしてしまう。

めっちゃ、負《ま》けず嫌《ぎら》い。

とわの中で、在のキャラが追加される。これも粘《ねば》り強《づよ》さと同様、数学者に必須《ひっす》の資質だろうか。だが在は思いなおしたように顔をあげた。そしてうそぶくように言った。

「でも平気だよ。数学者の心はこんなことでは折れないから」

「そうなの？」

尋《たず》ねたとわに、在は軽くうなずいた。

「ああ。数学者っていうのは、わからない問題を何年も何十年も考えているんだよ。短いスパンで言えば負け続けているのかもしれない。でもしつこく粘っているうちにふっとわかることがあるし、それが大きな発明につながることもある。ともかく逃《に》げちゃだめなんだ」

「逃げちゃだめ……」

つい繰《く》りかえしたとわの胸は、なぜかちくんとした。ほんの少しつねられたような、軽く引っかかれたような。

「そう。どんなに泥臭《どろくさ》くても、かっこよくなくても乗《の》り込《こ》んでいく勇気を持たなければ。わからなくても向きあわなければ」

「……ハート強いね」

だから恥《は》ずかしさもいとわず、まわしをつけて、やったことのない相撲《すもう》の助《すけ》っ人《と》にもチャレンジできるのだろうか。

「そう。よほどハートが強くないと数学者なんかやれないよ」

在は、自分に言い聞かせているみたいでもあった。

「寒さに負けるな〜。元気になって冬を越《こ》せよ〜」

胸の痛みの原因を探《さぐ》りながらとわは、在によるカマキリへの応援歌《おうえんか》を聞いていたが、在がくるっと振《ふ》りかえったので、息を止《と》めた。

「ひょっ」

胸がぎゅっと絞《しぼ》られる。痛みの原因がわかったのだ。

在がこんな質問をしたからだ。

「あ、そういえば、名島《なじま》には会えた?」

7

十月三十一日木曜日の放課後、とわは中央棟《とう》に向かって歩いていた。数研の部室に行くのはおよそ半月ぶりだ。

「あ、そういえば、名島《なじま》には会えた？」

相撲《すもう》大会のときの在《あり》の質問は、何気ないものだったのだろうが、とわの心を突《つ》き刺《さ》した。

「……、本人には会えなかったけど、おばあちゃん、いえ、家の人に渡《わた》してきた」

と、とわは答えた。やはりまだ、潤《かん》と従兄妹《いとこ》同士だということは言えなくて、背中をつーっと汗《あせ》が一筋滑《すべ》った。

逃《に》げているのは薄々《うすうす》気がついている。潤を静かに見守っているように装《よそお》って、じつは自分を守っているのだ。

逃げている。

潤が引きこもる、最初の原因を作ったくせに。

数学者の気持ちの強さを感じながら、とわは自分を責めてしまった。

もう少し強かったら、あんなことはしなかったはずだ。そしてその後も潤に心を寄せられていたはずだ。心を寄せる人がひとりでも増えたら、潤の状況《じょうきょう》も変わっていたかもしれないのに。従兄妹《いとこ》同士であることを、ここに来てまで隠《かく》す自分が嫌《いや》だった。下腹のあたりで、黒くよどんだ液体が、ぶくぶく泡《あわ》をたてていた。だからせめて在に、今の潤の生活ぶりやおばあさんが心配していた様子を、丁寧《ていねい》に伝えた。

毎日部屋にこもって数学の勉強をしていること。潤のおじいさんは数学が得意で、小さいころから教わっていたこと。そのおじいさんが亡《な》くなって、様子がおかしくなったこと。それをおばあさんが心配していることなど。話は長くなってしまったし、肝心《かんじん》なことは言わなかったものの、誰《だれ》かに潤の様子を伝えられて、とわは少し楽になった。思えば、いくら同級生とはいえ初対面の人間に、家の人がそんな立ち入ったことまで教えてくれるのは奇妙《きみょう》だが、在はさして疑問も持っていないようだった。それよりもなぜか晴れやかな顔でこう言った。

「大丈夫《だいじょうぶ》、名島は絶対やってくる」

「そう、なんだ」

あんまり自信に満ちていたので、質問や異議をとなえることができないくらいだった。

「わお！」

美織《みおり》の声が聞こえたのは、303教室の前あたりだった。宣言どおり取材に来ているらしい。美織は響《ひびき》が数学研究部に所属していることを知ってから、ミステリー取材を担当することを宣言した。

「私ミステリー取材をやる」

見事な宗旨《しゅうし》替《が》えのおかげで、とわは数研からは引こうと思ったが、またやってきてしまったのは、在の予言が気になったからだった。

潤は本当に来るのだろうか。

303教室には、すでに部員たちが集まって、教卓《きょうたく》を囲んでいた。

「図形っていうより、これはアートね。サイケデリックなアバンギャルド」

美織は目を見開いている。解答用紙にかかれた図形や数字は、美術コースの感覚からすると自《じ》己陶酔的《ことうすいてき》な前衛アートに見えるらしかった。

「あ、とわちゃん」

「おっ、数研は久しぶりっすね」

「四分休符《きゅうふ》くらいだったかな」

「あ、野崎《のざき》さん。タイミングいいな。今日はこっちも用があったんだよ」

とわに気づいた美織や部員たちが温かく迎《むか》えてくれ、在がミステリー解答があったことを教えてくれた。こちらも久しぶりだったようだ。

「補助線が外側に引いてある。躍動的《やくどうてき》だな。チャレンジングな発想だ」

「立ち合いの変化からさらに八艘跳《はっそうと》びをしかけたみたいっす」

在が目を輝《かがや》かすと、章《しょう》は跳び箱を跳ぶようなしぐさをしたが、もうひとりの部員は眉《まゆ》をひそめた。

「まあしかし、これは美しいとは言えないな。とりとめがない不協和音みたいな印象だ」

響の美意識には合わなかったようだ。

「そうね、前衛芸術は好《す》き嫌《きら》いが分かれるよね」

そばで美織が適当に合わせている。

「あら。今日はいいことが重なっているわね。ミステリー解答と、とわさんだ」

そこに朝《あさ》先生もやってきた。あいかわらずなまめかしいいでたちだ。

「女子部員が増えて嬉《うれ》しいわ」

「いえ、部員では。てか、増えてとは？」

首を傾《かし》げながら視線を移すと、美織はそれらしくノートなんかを出していた。そして、

「とわちゃんも一緒《いっしょ》に勉強しましょう」

と、しゃあしゃあと誘《さそ》ってきた。

なし崩《くず》し的《てき》に活動につきあうことになったとわだったが、その日の発表は、いつもとちょっと違《ちが》っていた。ほんの数ミリ程度だが、数学に近づけた気がしたのだ。

これまでは、ただひたすらに居心地《いごこち》が悪かった。数学研究部でやっている問題は難易度が高いという前提があるにしても、まったくできないのは気が滅入《めい》った。部員のうち二人は曲がりなりにも同級生、そのうえ一人は下級生だ。女子だから、文系だからでは言い訳できないものが劣等感《かん》をつつき、取《と》り繕《つくろ》うにも策はなく、あげく開き直って「この人たちの頭の中はどうなっているのだろう」と不思議がるしかなかった。

数学を考えるときに、とわが思《おも》い浮《う》かべるのは、一応数字や形などだ。しかし、それらはそよとも動かない。まるで置きものか印刷物のようだが、問題によっては姿さえ見えないことがある。

真っ白。

そんな、とわから見れば、数研の三人は、別の島にいる人たちだった。間には広い海があって、船を出そうにも取りつく島が見当たらない。

それが今日はうっすらとだが、上陸できそうな入り江《いえ》が見えた、気がした。

彼《かれ》らの別の側面を垣間見《かいまみ》たからかもしれない。数学を解く姿に、それらの活動を当てはめてみたからだ。

響のピアノ、章の相撲《すもう》、在の昆虫《こんちゅう》採集。安易な転化ではあるけれど、イメージすることで、多少は受け入れやすくなった。少なくとも、「この人たちの頭の中」には、理解できる部分があると感じられ、拒絶《きょぜつ》反応が弱まったみたいだ。

タダダダーン、ダダダーン。

ピアノを演奏するように華麗《かれい》に解答用紙をめくり、ペンシルの先を動かしている響。頭の中ではきっと数字が音楽のように踊《おど》っているのだろう。

押《お》して　押して　ついて　ついて。

ガリガリと音をたてて計算をする章は、土俵上の相手に果敢《かかん》に向かっていっているようだ。相手とがっぷり組みあうように、数字や図形に挑《いど》んでいる。

そして在。

「ここに直線を通すと、割合が5：1になります。……ですので、BPからDPを引くと$\frac{4}{3}$と$\frac{5}{3}$ですが、ここまできてはっとしました……」

黒板の前で説明をしていた在は、昆虫を観察するかのように細心の注意を払《はら》っているようだった。小さな体をひっくりかえし、細い足をかき分けて柔《やわ》らかい腹部に触《さわ》ったり、微細《びさい》な羽の感触《かんしょく》までを慎重《しんちょう》に感じ取ったり、時には顕微鏡《けんびきょう》で拡大した細胞《さいぼう》を確認《かくにん》するように、数字や記号を丹念《たんねん》に取《と》り扱《あつか》っているように見えた。とても丁寧《ていねい》な説明だ。きっと在の頭の中にも、顕微鏡《けんびきょう》があって、のぞき込《こ》みながら、ピンセットの先で数字を分解しているに違《ちが》いない。

ついついそんな様子を想像してしまっていたとわが、はっとしたのは、

「直径を使って正三角形をかいてみます」

在が線を一本入れたときだった。すると図形にはっきりした変化があった。

……あれ？

黒板には円の中に三角形がかかれた図形が、二つかいてあった。その片方に直線を一本入れると、二つの図形に同じ部分ができたのだ。

「こうすれば左に余る分と右に余る分が、同じ長さになるのがわかります」

ほほう。

とわは背中をぴんと伸《の》ばした。

「なので、BPからDPを引くのは、PRを求めるのと一緒《いっしょ》になります」

なるほど。

外れていた小さなホックがパチンと合わさったような爽快感《そうかいかん》があった。ほんのささやかな心地《ここち》よさではあったが、これまでに感じたことがない感触《かんしょく》だった。

数学相手にこんな気持ちになるなんて。

皮膚《ひふ》の表面がざわざわするのを、とわは、不思議な気分で受け止めたが、黒板から目が離《はな》せなかった。耳が自然と在の声に引きつけられる。全身の細胞《さいぼう》をフル回転させて、説明を追いかけた。

すると脳の中にこれまで体験したことのない感覚が生まれた。真っ白だった空間に図形や数字が浮《う》かびあがったのだ。しかもそれらが少し動いた。ほんのぎこちない動きだが、とわの呼吸は次第《しだい》に荒《あら》くなった。

「……ということで、これでめでたく答えが出ました」

そう言って、在が黒板をチョークでぽんっと叩《たた》いたとき、とわは、思わず「おめでとう」と手を叩きそうになった。さすがにそうはいかないので、黒板に向かって一礼してしまった。敬意を込《こ》めて。黒板はカラフルだった。白、赤、黄色。一問を解くのに隅《すみ》から隅までびっちり色で埋《う》まってしまっていた。

在が発表を終えると、朝先生は美織に向かって尋《たず》ねた。

「どうだった？　少しわかったかしら」

「え？　ええ、あ、はい、わっかりましたー」

「じゃあいい記事も書けるわね」

「はいっ。それは大丈夫《だいじょうぶ》です。すごくかっこよかったので、それが伝わる記事にしたいです」

美織はやっぱり数学よりも、響しか見ていなかったようだし、先生の「もっと部員が集まるような記事を」という狙《ねら》いとは、ずれた記事を書きそうだ。

それでも朝先生は満足そうに微笑《ほほえ》んで、とわに向かってはこう言った。

「とわさんは、いい顔をしていたわね」

表情は表に出してはいないつもりだったが、とわの変化は、傍目《はため》にもわかったらしい。

「手ごたえあったんじゃないの？」

「ちょっとはわかったかもです」

少なくとも、落書きをする気にはならなかった。

「ああ、本当にちょっとだけですけど」

むやみな期待をかけられてはと、慌《あわ》てて念を押《お》したが、朝先生はゆっくり深くうなずいた。

「そのちょっとが大事なのよ。それからわかったことを自覚すること、それも大事」

「あ、はい」

とわは、うなずく。確かにところどころに合点《がてん》がいった。それがいちいち嬉《うれ》しかった。

そんなとわの表情に満足した様子で朝先生は、

「では今日はこの辺で」

と、部活を締《し》めくくった。

解き終えなかった問題は、いつものように教卓《きょうたく》の上に置いて帰ることになった。

「次のミステリー問題ね！」

本来の使命を思い出したらしい美織が無邪気《むじゃき》に叫《さけ》び、スマホで撮影《さつえい》を始めた。

「でも、これって誰《だれ》がやってるんだろうね」

シャッター音をさせながら、美織は思い出したように言い、とわは嫌《いや》な予感に襲《おそ》われた。

「見当はついてるらしいっすよ」

答えた章に美織は目を輝《かがや》かせる。

「え、本当？」

「ああ。名島潤って生徒らしい。工業科の」

まずい。

在が答えて、胸がどくんと跳《は》ねた。

「え、名島潤？　ってもしかして」

美織のきょとんとした顔が、答えを促《うなが》すようにこちらを向き、とわは思わずうつむいた。

「ナジャカンのこと？」

「……まだ本人に確かめたわけじゃ」

慌《あわ》てて訂正《ていせい》を入れたが美織は聞いちゃいなかった。それどころか、「あー」と、大声をあげた。

「そういえばこの文字見覚えがあるよ。私、中一のとき同じクラスだったのよ。そのとき学習係で宿題とかよく集めてたんだけど、確か名島くん、こんな字書いてた気がする」

あいまいな記憶《きおく》を掘《ほ》り起《お》こし、力業《ちからわざ》で辻褄《つじつま》を合わせて目をくりくりさせている。ばれるね。

とわは、観念した。確かめたことはないが美織はたぶん、とわと潤が従兄妹《いとこ》同士だということを知っているはずだ。

「すっごい、すごい」

だが、美織は興奮しすぎたのか、それ以上の情報は口にしなかった。

「学校に来れてないらしいんだよ。彼《かれ》は」

響が言うと、美織は声をマックスのソプラノにした。

「え？　不登校なの？　不登校なのにこんな難しい問題ができるの？」

「とりあえず答えの予測だけ立てておこう」

取り乱している美織をよそに、在が別の紙に式を書きはじめた。

問題は三角形の面積を求めるものらしかった。とはいえ、辺の長さにルートがついていたり、対比で表されていたりする高度なものだ。

「これを計算していく過程で三平方の定理が当てはまることになるな。それに気がつくと、整理されてすっきりした式になるぞ」

「美しい式になりそうだな」

それを見ながら、響も格調高い微笑《ほほえ》みを浮《う》かべた。

もちろん、とわには、ちんぷんかんぷんだ。

「最終的に直交座標に当てはめてもいいっすね」

さらに章がぼそっと発した言葉で、数学に詳《くわ》しい人だけが笑ったときには、あっけに取られた。

「ははは」

「ふっ、やめなよ」

「ふふふ」

朝先生まで含《ふく》めての軽い笑いを四人は共有していたが、どこがつぼだったのか、どうしておもしろいのかさっぱりわからない。

「何がおもしろいんでしょうか？」

尋《たず》ねてみたが、返ってきたのは、

「それを言っちゃおしまいだからだよ。僕《ぼく》らはなるべくエレガントに解きたいのに」

と言う響の答えだけで、やっぱりわからなかった。

見えたと思った取りつく島はあっと言う間に霧《きり》にかすんでしまった。

303教室を出たとわは、美織と一緒《いっしょ》に307教室の新聞部の部室に行くことになった。ちょうどこれから編集会議があるらしく、引っ張っていかれたのだ。

「とわちゃんも一緒に行こう」

興奮ぎみの美織の引きの強さに嫌《いや》な予感が高まったが、そのまま連行されてしまった。

そして予感は的中。

307教室に入ったとたん、美織は大々的に発表したのだ。

「木曜日のミステリーを解いていたのは、カウンセラー室登校の生徒でした。彼《かれ》には偉大《いだい》な数学の才能があったのです！」

「それはすごいネタだよ！」

美織の発表を聞いたひとりの男子が、いすの音をたてて立ちあがった。美織以上の興奮ぶりだ。この男子とは一年生のときクラスが一緒だった。現在は隣《となり》のクラスで、小宮山直人《こみやまなおと》という生徒だ。成績はいいが、少々大げさで理屈《りくつ》っぽい印象がある。

小宮山は新聞部で、部長をしているらしかった。受験を控《ひか》えた三年生が引退したばかりなので、新任部長だ。

美織から概要《がいよう》を聞き終えた小宮山は、熱弁をふるいはじめた。

「ミステリーを解いていたのは不登校の生徒だったんだろう？　『人間関係に悩《なや》み、社会や学校に葛藤《かっとう》を抱《かか》えた高校生には、じつは大いなる数学の才能があった！』ってことならドラマチックな話だよ」

目には炎《ほのお》が燃えている。

「ちょっと待って。そんな大げさな」

さすがに、とわは慌《あわ》てた。

「大げさじゃないよ。だってそいつ、独学でずっと数学やってたんだろ？　すごいことじゃないか。これは現在の学校教育にも一石を投じられる。いやそれだけじゃない、世の中の不登校の生徒たちにも、大きな希望を与《あた》える。よし、やろう。できるだけ大きくセンセーショナルに取りあげよう」

話がどんどん大きくなってきた。

「だから、ちょっと待ってってば」

とわは、なんとか鎮火《ちんか》を試みた。

「そういうのは困るんだって」

だが、小宮山の炎は収まらなかった。逆に風にあおられたように燃《も》え盛《さか》った。

「困るも何も、めっちゃいい話じゃん。いや、いい話だけでは済まされない。これはもはや我々がちゃんと考えなければいけない問題だ！」

こぶしをぶんぶん振《ふ》りまわす。

「困るよそれは、絶対困るーっ！」

つい大声を出してしまうと、やっと小宮山は動きを止《と》めた。

「困る、なんで？」

「……だって、かん、いや名島くんだってそんなに騒《さわ》がれたらきっと嫌《いや》だと思うよ」

とわがなんとかそう言うと、

「まあ、ね」

うしろからぼそっと美織の声がした。ないよりはましなくらいの援護射撃《えんごしゃげき》だが、その声を頼《たよ》りに、とわは言葉をつなげた。

「ただでさえ傷ついてるのにそんなに騒がれたらますます学校に来れないよ。……、それに私もっと違《ちが》う展開想像してたし。『小人《こびと》の靴屋《くつや》』的な」

最後のフレーズに、燃えていた小宮山の目が疑わしげに細くなった。

「……『小人の靴屋』？」

無表情で、とわを見つめているが、心の中を表す吹《ふ》き出《だ》しをつけるとしたら、「なんの話？」

と書かれていそうだ。

「グリム童話の『小人の靴屋』よ。腕《うで》はいいけれど貧乏《びんぼう》な靴屋《くつや》が作りかけの靴を置いていたら、次の朝、立派な靴ができあがっていたって話」

とわが、小宮山の声なきクエスチョンに答えると、

「あー、それ知ってる。で、その靴が高値で売れて、そのお金で二足分の材料が買えて、また一足作って置いておくと、次の朝もう一足ができていて、今度は四足分の材料を買える。それを繰《く》りかえして靴屋さんが大繁盛《だいはんじょう》するってやつだったよね」

美織があらすじをかいつまんだ。

「そう。そんな感じで難しい問題を解いているのはじつは数学の妖精《ようせい》で、頑張《がんば》っている高校生を助けてくれているのかもしれないと思ったんだけど」

そんな妖精なら、できれば自分のところにもぜひ登場してほしかった。だが、小宮山はとわの顔から目をそらした。吹《ふ》き出《だ》しをつけるとしたら「こいつやばくね?」だ。しばらく思案するように目をぱちぱちとしばたたいたのち、体の向きを変えた。〝君子危《くんしあや》うきに近寄らず〟とでも思ったのだろうか。

「山下《やました》、制服変更《へんこう》に関する校内アンケートの結果集計した?」

話題を変えた。

ともかく潤の件には片《かた》がついたようだったので、とわは307教室を後にした。

家に帰って、とわは、またノートを広げた。

〃おばあさんが寝《ね》てしまったのを確かめて、ナジャカンは木から下りました。

外は真っ暗、空気にはまだ蒸《む》し暑《あつ》さが残っていますが、昼間のような暑さはありません。久しぶりの外出に、最初は胸がどきどきしましたが、すぐに慣れました。むしろ昼間のように人がいないのはかえって安心でした。何しろナジャカンはすっかり臆病《おくびょう》になっていたのです。ひとりで家にこもっているうちに、みんなが自分の悪口を言っているような気になっていたのです。外を歩いたら、そんなみんなにどなられるかもしれません。石も飛んでくるかもしれません。けれども夜なら心配は無用です。だって誰《だれ》も歩いていないのですから。

歩いているうちにだんだん愉快《ゆかい》な気分になってきて、歌をひとつ歌いました。

「あの空はおれのもの。月も星もみんなおれについてくる。だって世界の中心は、ララおれだからさ〜」

ナジャカンはすっかり気分がよくなってずんずん歩いていきました。めざすは村の中心の家。若者たちが集まって数学の問題を解いているという家です。

どんな問題があるんだろうな。

考えただけでもナジャカンの胸は沸《わ》き立《た》ちました。

どんな問題だって解いてやるぞ。

やる気満々でナジャカンは胸を張って夜道を歩きました。〟


いつもよりも筆が弾《はず》んだのは、数学の問題が少しわかったからかもしれないが、ふと思い出してとわは、手を止めた。

そういえば、あれはどうなったのかな。

思い出したのは以前、在が出題した問題だ。

〝無限の先には何があるでしょう。〟

あのとき残されていたレポート用紙には答えはなかったが、在はそこに何かを発見したみたいだった。気にはなったが、その後、美織につきあってピアノや相撲《すもう》の取材をしているうちにすっかり忘れてしまっていた。

次の部活のときに在に聞いてみよう。

とわは思ってノートを閉じた。

8

小学校の三年二組の教室には学級文庫があった。図書室まで行かなくてもいつでも本が読めるようにと、担任の河井《かわい》先生が各家庭に呼びかけたり、図書館から古い本をもらってきたりして本を集めてくれたのだ。

カラーボックス二つ分くらいの本棚《ほんだな》だったが、『ドリトル先生《せんせい》』のシリーズや『メアリー・ポピンズ』『ズッコケ三人組《さんにんぐみ》』や『ぼくらの七日間戦争《なのかかんせんそう》』など、国内外の児童書の名作が並んでいた。

とわは、最初は雨の昼休みや、中休みなど、友達と外で遊べないときに手を伸《の》ばすくらいだったが、そのうちわずかの空き時間にもページを開くようになった。

純粋《じゅんすい》に物語のおもしろさにはまったから、だけではない。

潤《かん》と席が隣同士《となりどうし》になったからだ。二学期のはじめ、自分の机といすを持って新しい場所に移動したとき、とわは、改めて度肝《どぎも》を抜《ぬ》かれた。潤の机が落書きだらけだということはすでに知っていたが、初めて間近で見たとわは、ぞくっとした。落書きは体中に張《は》り巡《めぐ》らされた毛細血管みたいに複雑で細かく、見ていると、胸が絞《しぼ》り込《こ》まれるように苦しくなった。

これが、わずかの空き時間でも、とわが本を読むようになった理由だ。つまり隣《となり》にあるものから目を背《そむ》けるための手段だったのだが、本のおもしろさに気づくきっかけにもなった。幸い凋は無口で、話しかけてくることもなかったので、とわは、心おきなく本の世界を楽しんだ。

本は素敵《すてき》だった。外はどんなに土砂降《どしゃぶ》りでも、自分の座《すわ》っているいすは、硬《かた》く冷たくても、隣にどんなに不可解な人がいても、そしてその人が従兄《いとこ》でも、ページを開けば別世界が広がっていた。空は澄《す》み渡《わた》り、ふかふかのベッドがあって、隣には不可解な人はいない。同じ不可解でも、空を飛べたり、動物と話ができる人だ。なんなら素敵な王子さまの場合もある。なんというどきどき。物語の世界はじつに魅力的《みりょくてき》だった。

現実から目を背けることで、とわの生活はなんとか保たれていた。

そんなある日、ちょっとした衝撃《しょうげき》がとわを襲《おそ》った。

「ナジャカンと、とわちゃんって、従兄妹《いとこ》同士ってほんと?」

茉菜《まな》ちゃんから聞かれたのだ。

「………」

とわは、答えることができなかった。茉菜ちゃんの顔が「まさかそんなことないよね」と言っていたからだ。うなずいたら軽蔑《けいべつ》されると思った。だからとわは、自分を守った。首を振《ふ》った。横に。

ほんの小さく動かすのに、とても力を要したけれど、とわは一生懸命《いっしょうけんめい》動かした。

すると茉菜ちゃんは安心したような顔になった。

「よかった〜。そうだよね。とわちゃんとナジャカンが親戚《しんせき》なんてことないよね」

「……うん」

場所はトイレで、潤がいることはなかったけれど、とわは、どぎまぎしてしまった。

その日から、とわは、ますます本にのめり込《こ》んでいった。潤とは絶対しゃべってはいけないと思ったからだ。

潤ちゃんが、私のことを変な呼び名で呼びませんように。

とわは、神さまにお祈《いの》りをした。

小さいころから潤の言葉は不明瞭《ふめいりょう》だった。祖母のことは「ばっちゃ」、祖父は「じっちゃ」。いつまでたっても赤ちゃんみたいな言葉を使う潤は、とわのことも独特な呼び方で呼んでいた。

あの呼び方をされたら、従兄妹《いとこ》同士だとばれてしまう。

だが幸いなことに、潤が学校で、とわに話しかけてくることはなかった。授業中も休み時間もノートに変なもようをかくのや計算をするのに夢中みたいだった。とわは、本に没頭《ぼっとう》し、潤は机にかじりついて血管とも葉脈とも知れないものをかき続け、それぞれの世界を大事にしながら、平和は保たれていた。

それが怪《あや》しくなったのは、席替《せきが》えから一か月がたったときのことだった。おなかが大きくなった河井先生が産休に入り、新しい先生がやってきたのだ。やってきたのは、安森《やすもり》先生というちょっとおじいさんの先生だった。

いつも怒《おこ》ったような顔をしていて、怖《こわ》そうだな、と、とわは思ったが、潤も同じ気持ちだったのかもしれない。急に落ち着きがなくなった。始終貧乏《びんぼう》ゆすりをするようになり、給食をほとんど食べなくなり、授業中の立ち歩きも増えた。そのたび先生は潤を叱《しか》った。

「好《す》き嫌《きら》いをするな」

「勝手にうろうろするな」

「机の中をかたづけろ」

頭ごなしに叱るので、隣《となり》にいる、とわも一緒《いっしょ》に叱られている気分になった。

そして事件は起こった。

その日の算数の時間はテストがあった。新しい先生になってから初めてのテストだ。児童が問題を解いている間、教室の中を歩いていた先生が、ふと足を止めた。潤の席の横だった。そして、

「名島《なじま》」

先生は潤の名前を呼んだ。針金みたいに鋭《するど》くて強張《こわば》った声だったので、とわはぎくりとした。

先生はその声のまま決めつけるように言った。

「カンニングをしてるだろう」

潤は驚《おどろ》いたのか、一瞬《いっしゅん》先生の顔を見た。いつもは人となかなか目を合わさない潤にしては、珍《めずら》しいことだった。すると先生はその目をねめつけたあと、潤のテストの解答欄《かいとうらん》に指を当てた。

「ここも、ここも、ここも。式を書いてないじゃないか。人の答えだけ見たんだろう」

「あの、あの……」

とわは、思わず口をもごもごさせた。言いたいことがあったからだ。

潤ちゃんは計算がとても速いから、式なんかいらないんです。いつもそうなんです。問題を読んだらすぐに答えが出てくるから、それだけ書いているんです。

説明がとわの頭の中でぐるぐる回ったが、口からはなかなか出てこなかった。

「あの、潤ちゃ、いや、名島くんは計算がとっても速い……」

なんとか言おうとしたのだが、声が震《ふる》えた。先生の顔が鬼《おに》みたいに見えた。

そのとたん、
ガシャン。

爆発《ばくはつ》するような大きな音がした、と思ったら、落書きだらけの机がひっくりかえっていた。潤が突《つ》き飛《と》ばしたのだ。

そのまま潤は教室を出ていき、その日は帰ってこなかった。

そして次の日。


「うっ」

そこまで思い出して、とわは顔をしかめた。心がおろし金《がね》でごしごしこすられているみたいに痛み出したのだ。とうの昔に忘れ去っていたことなのに、生々しいリアルな痛みに慌《あわ》ててしまった。自分のやったことに、「ひゃあっ」と大声で叫《さけ》びそうになった。

ともかくその次の日の出来事があってから、潤はしばらく学校にやってこなかった。最初の不登校だ。

しばらくして潤はまた学校へ来るようになったが、その後また席替《せきが》えが行われて、二人の席は遠くに離《はな》れた。

とわは、潤のことを気にしなくなった。視界に入らないと、意識はしなくなるものだ。小学生の視野は狭《せま》いから生きている世界も小さい。

気づいたときにはまた潤は教室にいたけれど、その後は騒《さわ》ぎになるような出来事は起こったかどうか、覚えていない。とわが、本格的に潤に対するセンサーを切ったからだ。

9

数学研究部の活動は、問題を解くだけではなかった。パズルをするときもあれば、問題の息抜《いきぬ》きを兼《か》ねて、けん玉やお手玉をすることもあった。

数研部員たちは、それらがとても上手だった。けん玉の難しい技《わざ》をやすやすと決めたり、空中でリズムよく、複数のお手玉を回したりしていた。

「脳の、いい刺激《しげき》になるのよ」

普段《ふだん》の生活ではあまりやらない動きをすると、脳の使ってない部分が活性化されるらしかった。それに集中力も鍛《きた》えられるという。

「やってみたら？」

朝《あさ》先生にすすめられて、とわも挑戦《ちょうせん》してみたが、案の定うまくいかなかった。とわは、万事《ばんじ》において不器用なのだ。

特にお手玉は、両手を使っても三つは回せず、ましてや片手ではひとつを投げて取ることしかできなかった。美織《みおり》のほうがまだ少しは上手で、軽い敗北感を味わったが、さらに部員たちの技にはうちのめされた。両手をクロスさせながら、ジャグリングみたいに鮮《あざ》やかに回す。それぱか

りか在《あり》は、

「そうだ、このけん玉の動きを、計算してみよう」

などと言って、突然《とつぜん》計算を始めたりした。

数研部員の思考回路は、徹底《てってい》して数字が基本なのだ。何はさておき数字。とわには決して見えないが、数学の世界への扉《とびら》はあちこちにあって、三人は隙《すき》あらばそこへ入っていくのだった。

立体を切って、表面の形を確かめる実験のようなこともやっていた。朝先生が粘土《ねんど》で作られた立方体を切っていく。定めた点を結ぶように、テグス糸を当てたところで、切断面の形をみんなが予想する。クイズは角度を変えて何回も出題された。

「三角形」

「六角形」

「六角形」

「五角形」

「六角形」

そのたびに、三人は、声を揃《そろ》えて形を予想し、切り取られたあとには、めくるめく予想どおりの形が現れた。テグス糸を入れる位置で表面の形はどんどん変わり、それを言い当てる三人は楽しそうだったが、とわは「ゴン、ゴン、ゴン」と頭痛がしてきた。

そんなふうにして、近づいては離《はな》れる数学との関係に慣れてきたころ、とわの身の上にちょっとしたギフトがもたらされた。十一月の下旬《げじゅん》に学校で受けた実力テストの数学の点数がぐんと上がったのだ。

46点。

これだって赤点で、決してほめられた点数ではない。でも前回のテストは17点だった。高校に入学してからの数学の点数は、20点前後で低止まりしていた。それが半分近くもできたのは、ひとえに数研での学習の成果だと思われる。数研部員の発表はあいかわらずちんぷんかんぷんだけれど、数研は宿題や復習をするには適当な場だった。何しろ部屋の空気は数学一色。いやがおうでも数字や図形が五感を刺激《しげき》してくる。在の解説が少しだけ理解できたのも、意識を変えるきっかけになった。

とわは、物語のノートのかわりに、宿題を広げるようになった。わからないところは、朝先生に教わった。

当たり前のことだが、宿題をちゃんとやっていると、まず授業に対して臆《おく》する気持ちはなくなる。それどころか少し楽しみにもなった。授業中のモチベーションが変わると、宿題のほかに予習もしてみようかという気にもなり、そうなると、授業に対して積極的になる。

かつてなかった好循環《こうじゅんかん》で受けたのが今回のテストだ。半分くらいはできた手ごたえがあったので、少し残念ではあったが、それでもかなりの成果である。

朝先生に報告しようっと。

次の数研の日、とわは、返ってきた46点のテストを携《たずさ》えて中央棟《とう》へ向かった。足取り軽く階段も一気に駆《か》け上《のぼ》り、とわは、あっと言う間に303教室に到着《とうちゃく》した。

「こんにちはー」

303教室では在、響《ひびき》、章《しょう》、そして美織が机を囲んでいた。とわが入ってきたことに気づいた四人は顔をあげたが、その表情は一様に曇《くも》っていた。

「あれ、またなかったの？」

ミステリー解答のことだった。十一月に入って一度も置かれていなかったので、とわも気になってはいた。

そして十一月最後の木曜日、解答用紙は置いて帰ったときのままだったようだ。誰《だれ》かが手を触《ふ》れた形跡《けいせき》はなかった。

「ああ。今月の最初の木曜日は部活自体が休みだったから、今月は全部休みってことになる。初めてだな」

「これで今月は、全休符《ぜんきゅうふ》だ」

「休場っす」

みんながっかりしている。

「学校には来ているのかな」

さっきまで弾《はず》んでいた、とわの心も重たくなった。

「うん。いや、それが。来てないらしいんだ」

とわの質問に、在はやや声を落とした。今日こそは解答を期待していたらしい在は、朝先生を通してカウンセラーの先生に尋《たず》ねてみたのだという。

「先週からカウンセラー室も休んでいるそうだ」

その報告に美織が唸《うな》った。

「う〜ん」

「スランプかな。ピアノでもあるよ。昨日までできていたことが急にできなくなっちゃうこと」

「スランプ？　そのわりにはミステリー解答は、どんどん調子あげてるみたいだったぞ」

響のスランプ説に、在が不可解そうな顔をすると、

「調子のいいときほどスランプに陥《おちい》ったりするっす。相撲《すもう》でも調子がいいと思って頑張《がんば》りすぎるとけがをしたりするっす」

章は声を湿《しめ》らせた。

「好事魔多《こうじまおお》しってことかな」

とわも眉《まゆ》を寄せる。

「う〜ん」

美織はまた唸《うな》り、重たい空気に包まれたが、在は通常どおりの口調で言った。

「まあ、でも諦《あきら》めることはないよ。また来月には来るかもしれないしさ。へこんでないで問題置いていこうぜ」

さすがは粘《ねば》り強《づよ》くしぶとい。こんなことで数学者の心は折れないのだろう。

「う〜ん」

けれども美織は三度唸った。唸り声はだんだん大きくなる。ちょっと意味ありげで、さすがに、とわは尋《たず》ねてみた。

「どうしたの？　美織。何か知ってるの」

すると美織は「しまった」というように唇《くちびる》を内側に引《ひ》っ込《こ》めたが、

「何か知ってるの？」

と改めて響が聞くと、素直《すなお》に頭を上下させた。

「じつはうちの部長がね」

「部長」

新聞部の小宮山《こみやま》の顔を思い出し、とわはギクッとする。

「次の号で数学オリンピックを大々的に特集するって言い出して」

「それは朝先生も喜ぶなあ」

在は明るい声で応じたが、とわは足元から冷たい風が吹《ふ》きあげるのを感じた。

嫌《いや》な予感。

「ていうか、力を入れたかったのはサイドストーリーのほうらしいんだけど」

「サイドストーリー」

繰《く》りかえしながら、とわは首を振《ふ》った。的中しそうな予感を振りほどきたかった。

「うん。現在の学校教育になじめない不登校の生徒が、己《おのれ》の才能を頼《たよ》りに立ち直っていくっていう……」

聞きながら、とわには、すっかり状況《じょうきょう》がつかめた。小宮山は自分が思《おも》い描《えが》いたストーリーをもとに、潤《かん》に取材をしに行ったのだ。あの野心に満ちた目が思い出された。

「それでまさか取材に行ったの？　本人に直接？」

「うん。カウンセラー室に行ったらしい」

「止《と》めたよね、私」

あのときついたと思った片《かた》はついてなかったのか。

「とわちゃん、どこ行くの」

美織の質問にも答えず、とわは、303教室を飛び出した。どこへ何をしに行こうとしているか、自分でもあやふやだが、こみあげた気持ちは抑《おさ》えることはできなかった。

短距離《たんきょり》競走のように廊下《ろうか》を走って307教室へ飛《と》び込《こ》むと、中には数人の新聞部員がいた。コピーを取っていたり、写真を並べたりしている。小宮山はパソコンをのぞき込んでいた。

「小宮山くん」

教室に入るなり、とわは詰《つ》め寄《よ》った。すると小宮山は、ばつが悪そうに顔をしかめた。何を言われるのか察しはついているようだ。

「名島《なじま》くんのところに行ったんだって?」

「あ、ああ」

自分でも意外なほどの、とわの剣幕《けんまく》に、小宮山は気圧《けお》されるようにうなずいた。

「なんでそんな乱暴なこと。私、困るって言ったよね。そしたら、小宮山くん、わかったって言ったよね」

なおも詰め寄ると、小宮山は、はっと眉《まゆ》をあげた。

「わかったとは言ってないよ。それは曲解だ。僕《ぼく》はなんにも言ってない」

「…………」

そうだったかな。

思い出してみる。

……そう、だっけ？

あのとき、小宮山は確かに黙《だま》ってしまった。それを了解《りょうかい》と受け取ったのかもしれない。

片《かた》がついたと思《おも》い込《こ》んだのかも。

「ほら事実誤認《じじつごにん》だろ」

記憶《きおく》を呼び起こしているとわに、小宮山は胸をぐっとそらせた。眼鏡の中心をぐいと押《お》しあげる。

「人間はそういうふうに自分に都合のいいように理解するもんなんだよ。十人いたら十人分の理解がある。だから公正中立な立場の報道が必要なんだ。たとえばほら、ある事象がここにあるとする」

小宮山はそう言いながら机の隅《すみ》に置いてあった、ペーパーウェイトを真ん中にどんと置いた。

数研の部室にあるのとおんなじものだ。

「これは一見、銅色の文鎮《ぶんちん》に見える。でも本当にそうか。ひっくりかえして見てみる。と、赤い布が貼《は》りつけてあるだろ」

小宮山が裏返したペーパーウェイトの一面には、滑《すべ》り止《ど》めの赤いフェルトが貼ってあった。

「ほら。こっちから見たら赤色だ。こっちを上にして置いていたら、『そこの銅色の文鎮《ぶんちん》取って』と言われたってわからない。世の中こういうものなんだよ。見る角度によって、事実が全然違《ちが》ってきたりするんだ。だから、真実を知るためには、きちんと見ることが大切だ。あらゆる角度から見て、整理したり精査したりした正しい情報が必要なんだよ。公正中立な立場でね。その情報を提供するために報道はあるんだ」

小宮山は一気に饒舌《じょうぜつ》になった。

「で、でも小宮山くんだって、すでに勝手にストーリーを考えてたよね。現在の学校教育に一石を投じるとかなんとか言ってなかった?」

あのときの暴走を思い出し、精一杯《せいいっぱい》とわは言いかえすと、小宮山は何やら考えるように黒目を上部にあげた。

「思い込みのストーリーを記事にしようと思っただけじゃないの?」

「それは違うっ」

小宮山は気色《けしき》ばんだ。

「僕《ぼく》は裏を取ろうとしただけだ。何かを公《おおやけ》にするためにはいいかげんなことはできない。データもいるし、関係者の証言もいる。場合によっては有識者の解説が必要だ。この場合、高校生の不登校生の割合とか、その後の進路とかのデータが必要だよな。あるいは教員たちはどう考えているかとか、カウンセラーの話も聞かなきゃならない。でもまず、いの一番にするべきことは何か」

小宮山は挑《いど》むように一歩前に出た。

「……え」

とわが、たじたじとうしろへ下がると、不敵な笑《え》みを浮《う》かべた。

「本人の証言を取ることだ。数研の問題を本当に解いているのかどうか。まずそこを聞かないと話は始まらないじゃないか。何かを公《おおやけ》にするのに当事者から話を聞くのは、いろはの、い、だ」

小宮山は何かに憑《つ》かれたように一気にしゃべった。

「………」

反論の言葉を探して、口をもごもごさせていると、小宮山は痛いところをついてきた。

「思《おも》い込《こ》みで動いているのはそっちじゃないか」

そう言われればそうかもしれない。

「それにだいたい人からとやかく言われる事柄《ことがら》じゃないんだよ。これは報道の自由なんだから。憲法でも保障されている権利なんだから」

小宮山は勝《か》ち誇《ほこ》ったような顔で締《し》めくくった。

10

とわは黙《だま》ったまま新聞部を出た。人の心の話をしているのに、憲法を持ち出されては何も言えない。303教室には戻《もど》らず、とぼとぼと階段を下りる。視界が白っぽかった。途中《とちゅう》で体が小刻みに震《ふる》え出《だ》した。張りつめていた緊張《きんちょう》が、一気に緩《ゆる》んだせいかもしれない。何しろあんなふうに、自分の意見を声高《こわだか》に叫《さけ》んだことは初めてだったのだ。

震える足で昇降口《しょうこうぐち》を出て、そのままバス停に向かいバスに乗った。ちょうどバスがやってきて、自分の前でドアが開いたからだ。頭はぼんやりしていて意識はないのだが、体が覚えているらしい。バスの扉《とびら》が開いたので、ステップを踏《ふ》み、ポケットからバスカードを出し、読み取り機に当てて、いつもの席に座《すわ》った。

何気なく車窓に目をやった。目の端《はし》で、さっきから何かが盛《さか》んに動いているようだったからだ。

「あっ」

動くものの正体を見極《みきわ》めて、とわは声をあげた。

「一瀬《いちのせ》くん」

窓の外にいたのは在《あり》だった。信号待ちで止まっているバスに向かって、自転車の上から大きく手を振《ふ》っている。そして、人差し指で自分の自転車の前かごを激しく指さした。

「あ、私の鞄《かばん》！」

在の自転車のかごにあったのは、とわの鞄だった。持ち手にぶら下げているマスコットを見ればわかる。

「うそ」

記憶《きおく》を辿《たど》るべくもなかった。小宮山《こみやま》にやり込《こ》められた、とわは、そのままふらふらとバスに乗ってしまったのだ。手ぶらで。

止まっていたバスが動き出すと、在は今度は手を前方に何度も突《つ》き出《だ》した。そうしながら大声で何か叫《さけ》んだ。

「か、ん、かん、のいえー」

「潤《かん》の家？」

同じように大きく口だけで確かめると、在は嬉《うれ》しそうにうなずいた。

バスは在の笑顔《えがお》を追《お》い抜《ぬ》いてスピードをあげた。

とわが、手ぶらのまま小倉橋《おぐらばし》一丁目のバス停で降りると、在は前回のように先に到着《とうちゃく》していた。

「ありがとう」

赤面して鞄《かばん》を受け取る。

「激しい忘れ物だな」

「ほんとだよ」

身ひとつでバスに乗ったなんて、自分でも信じられないような失態だ。

「まあ、よかったよ。ちょうど潤のとこに行こうと思ってたから」

「一瀬くんが？」

顔の熱がすっと冷めた。それは少し乱暴かもしれない。不用意に触《さわ》らないほうがいい。小宮山がつけた傷口に、さらに塩を振《ふ》りかけることになるかもしれない。けれども止《と》めなかったのは、続いた言葉に興味を惹《ひ》かれたからだ。

「ああ。仮説の検証に」

と在は言った。

「仮説？」

とわは眉根《まゆね》を寄せたが、在はそれには答えず、急ぎ足になった。

「まあ、行けばわかるよ。一緒《いっしょ》に行く？」

「……う」

うなずこうとしたが失敗した。心のどこかに潤に会ってみたい気持ちはある。確かにある。けれどもなぜか首が縦には動かなかった。

その様子から、在は何かを感じ取ったようだった。

「無理しなくていいよ。野崎《のざき》さん、頑張《がんば》ってたし」

「……う」

足に震《ふる》えが戻《もど》ってきた。普通《ふつう》なら近寄りたくない「危《あや》うき」の所へ乗《の》り込《こ》んでいったことが、今になって迫《せま》ってきた。

「新聞部の奴《やつ》に、がつんと言ってやってたじゃん？『思い込みのストーリーだ』とかなんとか。廊下《ろうか》まで聞こえてたよ」

しかも自分の主張までしてしまった。

「あ、ああ」

耳の裏まで真っ赤になった。

「やり込められちゃったけど」

「うん。応援《おうえん》に行こうかと思ったけど、野崎さん出てきたから」

「全然気がつかなかった」

教室を飛び出したとき、在は廊下《ろうか》にいたらしいが、とわの視界にはまったく入っていなかった。

ついさっきのことが押《お》し寄《よ》せるようによみがえってきて、とわはバス停のベンチに座《すわ》り込《こ》んだ。

「私ここで待ってる。潤ちゃ、じゃなくて、名島《なじま》くんの様子だけ聞かせてもらえる？」

「おう、わかった。任せとけ」

とわの依頼《いらい》を、在はむやみに明るく請《う》け負《お》って、自転車をこいでいった。


「お待たせ」

声に顔をあげると、在が目の前に立っていた。時間の感覚がなかった。あっと言う間だったような気もするし、途方《とほう》もないくらいの時間が流れていた気もする。

「どう、だった？」

「部屋にいた。めっちゃ感動した」

尋《たず》ねたとわに、在は鼻息と共に答えた。目には熱がほとばしっている。

「岡潔《おかきよし》の部屋みたいだった」

「それは誰《だれ》？」

「有名な数学者だよ。多変数複素関数論《たへんすうふくそかんすうろん》を独力で開拓《かいたく》したすげえ人」

「へえ」

多変数？　病気の名前？

とわは、抜《ぬ》けたような返事しか返せなかったが在の鼻息は荒《あら》かった。

「すげかった。感動した」

「どんな部屋だったの？」

見当はついていたが、外れているのだろうか。改心してかたづけるようになっているのだろうか。が、やはり潤のテリトリーは、とわの予想にたがわぬ光景のようだった。

「密林」

やっぱね。

小学校の机の中しかり、五年前に最後に見たあの二階の部屋もしかりだった。あまりの雑然紛《ざつぜんふん》然《ぜん》ぶりに、一緒《いっしょ》だったとわの母親は小さな悲鳴をあげたほどだ。

同じ光景を見たはずなのに、しかし在は感激冷めやらぬというような表情だ。

「床《ゆか》は数学の参考書とか、数式がぎっしり書いてあるプリントとか、ノートで埋《う》め尽《つ》くされて。あと粘土《ねんど》とか碁石《ごいし》もあったな。あいつもあれで立体や順列の勉強をしているんだと思う。ほら、おれらもやってるだろ、切った断面を確かめたり。碁石は並べて規則性を探《さぐ》っているんだろう。仮説と検証はワンセットだから。いやー、本当に岡先生の部屋みたいでまじ感動。あ、有名な写真があるんだよ。これこれ」

在は熱に浮《う》かされたまま、スマホに画像を表示させた。

「わお」

映し出されていたのは、白黒の古い写真だった。部屋の床《ゆか》一面に書物や紙の束が積み重なっている。それらはあちこちで雪崩《なだれ》を起こしていて、まさに足の踏《ふ》み場《ば》もない。その中央に腹ばいにねっころがって、何かを書いている人がいた。白髪《しらが》で、眼鏡をかけた老人だ。この人が岡潔だろうか。

なんかちょっと、おじいちゃんに似てるかも。

「なるほど」

とわはふと、懐《なつ》かしいような気持ちになったが、見事にすさまじい部屋だった。坂口安吾《さかぐちあんご》の部屋の写真を見たことがあるが、そんな感じもあった。

「でもやばいね。ごみ屋敷《やしき》みたい」

とわはスマホを押《お》し戻《もど》したが、在はそれをまた押しかえして画面を指示した。

「それは心外だな。よく見てよ。ここは散らかってはいるけど、ごみ屋敷とは決定的に違《ちが》うんだよ」

「え～」

よく見たくなんかない。

「野崎さんは整理整頓《せいりせいとん》とごみは反比例すると思っているだろ？」

「はあ？」

「だから、整理整頓をすればごみは減り、しなければごみは増えるって思っているんだろ」

「まあ、そうだと思う」

「けれども事態はそう単純ではないんだな。整理整頓すると、かえってごみが増える場合もある。つまり、整理整頓とごみは比例するという仮説も成り立つ。検証してみよう。二つは数式にも表せるはずだ」

「いいよ、それは」

話の腰《こし》を折ると、在はもう一度スマホの画面を突《つ》き出《だ》した。

「それに第一この部屋はごみ屋敷《やしき》ではないよ。なぜならここにあるのは無機物だけで、有機物がないからだ」

在によれば、ごみ屋敷との違《ちが》いは、有機物、つまり食べ物や飲食に使う道具がないことで「だから不潔ではないのだ」ということだった。

しかしそれでも、ぐちゃぐちゃなことに変わりはない。

「数学者の部屋ってみんなこう？」

「まあそれは人によるな。おれはわりとちゃんとしてるかな」

在は自慢《じまん》するでもなく言ったが、在の日常も、とわには、想像がつかない。何しろ目に入る数字を、片《かた》っ端《ぱし》からこねくりまわしているのだ。

「院で数学やってるおれの従兄《いとこ》なんか掃除魔《そうじま》だぜ。だから部屋の中も、めっちゃきれい。紙屑《かみくず》はおろかホコリもないところに資料やＤＶＤがきっちり整理整頓《せいりせいとん》されてる」

「…………」

清潔に整った部屋を思《おも》い浮《う》かべる前に、とわは、ひとつのワードに引っかかった。

……従兄。

発言の本質ではないワード。そしてそれがそのまま引き金を引いた。

「名島潤って、本当は私の従兄なの」

するりと口をついて出た。自分でも信じられないほどに滑《なめ》らかだった。

11

「え？」

在《あり》は一瞬《いっしゅん》固まった。カテゴリーの合わない条件を入れられて、考《かんが》え込《こ》んでいるパソコンみたいだった。

とわは、呼吸を止《と》めている様子の在のかわりみたいに深い息をつき、改めて言った。

「私たち従兄妹《いとこ》同士なんだ。祖父母が一緒《いっしょ》」

そして、上目づかいに在の表情をうかがった。ぎょっとされるだろうか。引かれるだろうか。

だが、在の表情はそのいずれでもなかった。きわめてシンプル。

「へえ、そうなんだ」

口から出た声にも、確認《かくにん》以上の意味はこもっていなかった。驚《おどろ》きも笑いもせず、事実を事実として受け止めただけという反応だ。しかし頭の中では、素早《すばや》く根拠《こんきょ》を探《さぐ》っていたらしい。

「そういえば似てるかも」

「げっ」

「いや、ほんと。思慮深《しりょぶか》げな目元とか特に」

「え、そう？　うそ」

ほめられているはずなのに、全然嬉《うれ》しくないという珍《めずら》しい感情がこみあげて、とわは取り乱してしまう。

それでも一方で気持ちのよさも感じていた。ずっと言えなかったことを言えた爽快感《そうかいかん》と、それを受け入れてもらえた安堵《あんど》。

「あ、そうだ。検証ってなんだったの？」

とわは、尋《たず》ねた。安心したら在の訪問の目的を思い出したのだ。

すると在はにやりと笑った。

「ああ。終わったよ」

それが何か答えはなかったが、こちらもまた清々《すがすが》しい顔をしていた。そしてきっぱりとこう言った。

「名島《なじま》はきっとまた数研に来るよ」

さらに続けて、

「Q大にも行くし、数学オリンピックにも挑戦《ちょうせん》する」

とも言った。

「…………」

とわは無言で首を傾《かし》げる。

何をよりどころに。

「その結論をあの部屋で見つけたの？」

「ああ」

注意深く尋《たず》ねると、在は力強くうなずいた。

「関口《せきぐち》教授のプリントも、オリンピックのポスターも、あの部屋にちゃんとあった」

「ポスター、貼《は》ってあったの？」

きっと何がどこにあるかわかるレベルではないはずだ。雑然というより乱雑、あるいは混沌《こんとん》。

しかし在は嬉《うれ》しそうだった。

「いや。重要なものを置いているらしき大切な場所にあった」

「大切な場所？」

手つかずの密林のようだったあの部屋に、そんな位階が存在するのだろうか。とわの疑問に答えるべく在は、自転車を押《お》しつつ片手で部屋の様子を再現しながら説明を始めた。

「うん。入り口から正面に、ちゃぶ台があったんだよ。床《ゆか》には本とか粘土《ねんど》とか碁石《ごいし》が散らばっていて作業はできそうになかったから、あのちゃぶ台が作業場だと思う。名島はちゃぶ台で、あらゆる研究をしているんだろう。その大事なちゃぶ台の下に、持っていってもらったプリントとポスターがあった。そこが大切な場所だ。あそこなら風にも飛ばないし何かの拍子《ひょうし》に蹴《け》っとばすこともない」

「……そうなの？」

「ああ」

どうにも腑《ふ》に落ちなかったが、在は清々《すがすが》しくうなずいた。

とわは顔をあげる。納得《なっとく》がいかないもどかしさが連れてきたのか、もうひとつ疑問を思い出した。

「前にここへ来たとき、潤《かん》ちゃんに問題出したよね。〝無限の先には何がある？〟ってやつ。あれには答えがなかったけど、一瀬《いちのせ》くん、何か発見したみたいな顔をしてたよね」

いつの間にか、「名島くん」が「潤ちゃん」に変わったのを改めもせず、とわは尋《たず》ねた。確かめたかったのにずっと忘れていたことが今、明かされる。

「あ、そうそう。よく覚えてたな」

在は声を弾《はず》ませた。

「それも今回の検証結果と大いに関係がある。あのときおれ、あのレポート用紙に言葉をひとつ見つけたんだ」

「消してあったんじゃ？」

「うん。だけど跡《あと》がうっすらだけど見えた。あれを見たときおれは、名島は大丈夫《だいじょうぶ》って思ったんだよね」

在は足を止めた。

「なんて書いてあったの？」

とわは息を詰《つ》める。

すると、やや間を取って、在はこう言った。

「未来」

在もまた、自分の未来を見るような目をしていた。

〝数学研究所の青年は、ナジャカンの家を訪ねました。ナジャカンの家は、吊《つ》り橋《ばし》の向こうにある、村でいちばん高いヤシの木の上です。丸太を組みあわせて壁《かべ》を作り、屋根は葉っぱのついた枝でふいてありました。不格好ですが、なかなか立派な家です。

青年は長い梯子《はしご》を上って家のドアを叩《たた》きました。

トントントントン。

しばらくすると、ドアがほんの少しだけ開きました。中は真っ暗でしたが、よく見ると、きらりとビー玉みたいに光るものがありました。ナジャカンの目です。ナジャカンは、宝石のオニキスのような目をしているのです。

「こんにちは。数学研究所の者です」

青年は声を張りました。

「私たちができなかった問題を解いていたのはあなたですか?」

だしぬけな質問に、ナジャカンはびっくりしました。いつもなら怖《こわ》くなってすぐに引《ひ》っ込《こ》むところですが、なぜか今日はドアを閉めることはしませんでした。ドアの隙間《すきま》から見えた青年が笑っていたからです。誰《だれ》かの笑顔を見るのは久しぶりで、つい見とれてしまったのです。

ぼんやり見ていると、青年は続けて言いました。

「あなたの考え方はとてもいいと思います。ぜひ一緒《いっしょ》に勉強しましょう」

一緒に?

ナジャカンは息を呑《の》みました。他人から一緒に何かをしようと言われたことなんか、初めてだったからです。そのうえ青年はこんなことまで言いました。

「じつは今日は、ナジャカンさんに招待状を持ってきました」

そして立派な封筒《ふうとう》を差し出しました。

「招待状?」

どこかに招かれたことなどなかったナジャカンには、それがなんなのかわかりませんでしたが、なぜか胸がどきどきしました。自分にとってよいことが書いてあるような予感がしました。

「そうです。王さまがお城へ呼んでくれたのです。あなたと私たちがやった数学の研究を大変気に入ってくれたのですよ」

青年は興奮ぎみに言いました。青年も夢心地《ゆめごこち》だったのです。

この国の王さまは、数学が大変好きでした。そこで数学の好きな若者を集めて、研究所を作っていたのです。青年たちはそこで王さまから出題された数学の問題を解いていたのですが、ナジャカンの解き方が特に気に入ったということでした。それでお城の晩餐会《ばんさんかい》へ呼んでくれたのです。

「晩餐会?」

お城の晩餐会のことは聞いたことがありました。噂《うわさ》によりますと、それはそれは豪華《ごうか》なものだそうです。おいしいごちそうが振《ふ》る舞《ま》われ、ご褒美《ほうび》もたんまり下さるという話です。

「一緒《いっしょ》に行きましょう」

青年はナジャカンの冷たい手を握《にぎ》って言いました。

「そこには君の未来が待っている」〟

家に帰ったとわは、一気に書きあげた。胸の鼓動《こどう》が、動き出した物語を必死に追いかけた。潤が消してしまったものの、一度は書いたという文字が、とわの中で大きく跳《は》ねて弾《はず》んで止まらなかった。

「未来？」

尋《たず》ねたとわに、在はまっすぐな目をしてうなずいた。

「消された言葉は、確かに未来と読めた。無限の先にあるものを、名島は〝未来〟と答えたんだ」

「無限の先には未来がある」

とわは、在の言葉を文章につなげて口にしてみた。素敵《すてき》な言葉だと思った。無限の先はわからない。何もないのかもしれない。そう思えば暗い闇《やみ》のイメージだ。でも暗闇の先には未来があると思うと、光に満ちたイメージが広がる。気分も明るくなった。

しかしとわは、それでも首を傾《かし》げた。だからと言って、それでどうして大丈夫《だいじょうぶ》だというのだろう。ましてやセミナーやオリンピックに参加する根拠《こんきょ》になるのか。

すると在は、見かねたようにこう言った。

「最初はおれもわからなかったけど、しばらく考えてわかった。無限、つまりインフィニティ。あの質問は『インフィニティ総合学園高等部の先には何がある？』という意味にも解釈《かいしゃく》できる。そして名島がそう解釈したとして『未来』という答えを出したと仮定するなら、あいつは未来をちゃんと信じているんだと思った。それなら現状をどうにか打破したいと思っているはずだ。だったら数研にもやってくるし、セミナーも受けたいし、オリンピックにも参加したいはずだと思った」

「……すごい」

とわは絶句した。そんなことまで考えていたなんて。数学をやる人の頭の中はいったい……。

とわは、目をぱちぱちさせたが、在はさらに続けた。

「じつはおれ、あのオリンピックのポスターにメッセージをひとこと書いてたんだよ。野崎《のざき》さん、持っていったとき気づかなかった？」

「ううん」

とわは首を強く振《ふ》った。あのときお使いを頼《たの》まれたとわは、ポスターをじっくり見ることはしなかった。たたんだまま祖母に渡《わた》し、祖母は祖母で広げてちょっと見て、「いろんなオリンピックがあるもんだねえ」とつぶやきながら、仏壇《ぶつだん》に供えたのだった。

「なんて書いたの？」

「『数学オリンピックに出ると、大学受験に有利です』って」

「ああ、そうか」

とわは、頭をできる限り速く回転させた。

「未来のためにか」

「そう。具体的な進路が見えたら、きっと名島は出てくると思った」

「すごいね」

とわは、もう一度言った。さっき感じた明るい気分が、体の隅々《すみずみ》にまでいきわたるのを感じた。全身の細胞《さいぼう》がふんわり膨《ふく》らんだみたいで気持ちいい。

「ありがとう」

「名島はきっと、日曜日のセミナーに来るよ」

心を込《こ》めてお礼を言うと、在は確信に満ちた声でもう一度断言した。

12

「来ないじゃん」

だが当日、潤《かん》はやってこなかった。お誘《さそ》いのプリントには、待ち合わせ場所と時間が明記されていた。

〝日時　十二月一日　午後一時

場所　Q大学前駅　駅前広場

持ち物　各自必要と判断したもの

※歩きやすい運動靴《ぐつ》をはいてくること。〟

簡単な案内に従い、取材を兼《か》ねた美織《みおり》と共に、とわも参加することにした。数研のみんなと一《いっ》緒《しょ》なら潤にも会いやすい。

しかしいくら待っても、Q大の最寄《もよ》り駅《えき》の駅前広場に、潤は姿を見せなかった。

「おかしいな」

在《あり》はしきりに頭を傾《かし》げていた。ちなみに在の私服姿も目を引いた。両袖《りょうそで》と両裾《りょうすそ》をまくりあげている制服姿よりも奇妙《きみょう》だ。スニーカーこそはいているが、服装は半袖半ズボンだったのだ。

本日、十二月一日。

とわと美織が待ち合わせ場所に着いたとき、在はすでに到着《とうちゃく》していた。

「一瀬《いちのせ》くんって、オールシーズン夏っぽいのはなぜ？」

遅《おく》ればせながら、とわが着こなしの謎《なぞ》を尋《たず》ねてみると、

「体にいろいろ余計なものがついているのが気持ち悪いから」

という返事が返ってきた。「何かに締《し》めつけられるのが嫌《いや》」なのだそうだ。そのため在は、幼いころから一年を通して半袖半ズボンに素足《すあし》なのだという。おかげで風邪《かぜ》ひとつ引かない体も手に入れたと威張《いば》っていた。

その後、お母さまのベンツで響《ひびき》が到着し、次に着いた電車で章《しょう》と朝《あさ》先生がやってきた。

本日の朝先生は、ラメ入りのボルドー色のワンピース。その上から白いロングのダウンコートをはおっていた。さすがにキックスケーターは持っておらず、足元はスパンコールがたくさんついたスニーカー。

電車に潤は乗っていなかったらしい。最後のひとりが改札から出てきたときはがっくりしたが、在が「ギリギリまで待とう」と粘《ねば》ったのでもう一本待ってみた。だが、やはり改札口に潤の

姿は現れず、時間切れとなった。

「来ないじゃん」

「おかしいな」

「仕方ない、行きましょう」

朝先生も残念そうだったが、在は「ちょっと待って」とスマホを取り出した。「四桁《けた》最大の素数、四桁最大の素数」とつぶやきながら、いそいそと番号を押《お》している。

すっご。

最後まで振《ふ》り絞《しぼ》るような粘《ねば》りに感心したものの、電話には誰《だれ》も出ないようだった。しつこいほどの時間、耳に当てたのち、在は終了《しゅうりょう》ボタンを押した。

「仕方ないね」

首をすくめる。口にはしなかったが、同時に「こんなことでは数学者の心は折れない」と聞こえてきそうだった。

「Q大学前」と駅名がついているくせに、目的地までは徒歩二十五分ほどもかかるらしい。しかもそのうち二十分は山登りだという。歩きやすい運動靴《ぐつ》をはいてくることという注意点の所以《ゆえん》だ。

「せっかくだから、Q大道《だいどう》を登りましょう」

と朝先生は楽しげに発表した。大学の校舎までは舗装《ほそう》された正規の道のほかに、山道があるのだそうだ。整備されてはいないが、歴代の学生たちが踏《ふ》み固《かた》めて獣道《けものみち》を作っているのだという。

Q大は山の上に建っている。埋《う》め立《た》て地《ち》にあるインフィニティ高校の周辺は平地なので、日常生活のアップダウンは階段くらいのものだ。運動が好きではないとわにとっては、整備された坂道さえも厳しいのに、不慣れな山道は衝撃《しょうげき》だった。

「二十度くらいっすかね」

アスリートとはいえ、体の大きな章にも辛《つら》そうな坂道で、

「いや、もっとかも。クレッシェンドばりにどんどん険しくなる」

運動とは無縁《むえん》の響も髪《かみ》をかきあげ、汗《あせ》を拭《ふ》いた。

「きっつう。一眼レフが重いわ」

カメラ分の負荷《ふか》がかかった美織はさらにしんどそうだった。しかも美織の足元は、歩きやすさよりもおしゃれに重きを置いたヒールのあるショートブーツだ。

「すげー、めっちゃアドベンチャー」

高校生の中、ただひとり元気な在は、小学生のようにはしゃいでいた。

「この足からの刺激《しげき》が脳にもいいのよ」

この大学出身の朝先生も、喜々として山道を踏みしめている。

「空気もおいしいでしょう」

深呼吸をしつつ上機嫌《じょうきげん》だ。確かに吸《す》い込《こ》む空気には木々や葉っぱの匂《にお》いが混じっていて、清々《すがすが》しい。足元の土の感触《かんしょく》も優《やさ》しい。歩いている間に体も温まってきて、とわは少し元気が出てきた。

「数学の天才たちは、自然からインスピレーションを受けるっていうしな」

のりのりの在に先導されること、約二十分。朝先生が言った。

「この崖《がけ》を登ったら到着《とうちゃく》よ」

「崖？」

見ると獣道《けものみち》の左側にごつごつした岩場があり、上からロープが数本垂れていた。

「えー、これを登るの～」

美織が絶叫《ぜっきょう》に近い声をあげたが、朝先生はけろりと言った。

「山登りっていうのは、最後の最後が辛《つら》いのよ。体も疲《つか》れているうえに、道は険しいから」

「そういえばエベレストの頂上付近には、死体がごろごろ転がってるらしいな」

と、在。

「げっ」

「大丈夫《だいじょうぶ》よ、とわさん。死にはしない」

朝先生はむんずとばかりにロープをつかみ、のしのしと登りはじめた。

「よーし」

そこに、ロープをつかまず在が続く。岩に両手をかけて、ロッククライミングみたいに登る。

「自分も行くっす」

章も大きな体で果敢《かかん》に岩に挑《いど》んだ。

「では」

ピアニストでもある響は、手を傷《いた》めないためにか、ロープを選び、美織と、とわもそれに続いた。大小の岩を足がかりに、急な岩場をよじ登る。そしてやっと辿《たど》りついた。が。

「なんか、ここ」

「ちょっと、がっかり」

出たところは、駐車場《ちゅうしゃじょう》の裏だった。だまされたみたいで、女子二人は肩《かた》をすくめたが、男子たちは秘密の抜《ぬ》け道《みち》でも見つけたみたいに楽しそうだった。

関口教授の研究室がある校舎にやっと着いた。すでに呼吸は落ち着いていたが、入り口の〝数理学研究院〟という看板に再び、とわの鼓動《こどう》は激しくなった。

普通《ふつう》ならまったく関係のない場所なので、体が勝手に拒否《きょひ》反応を示しているようだ。

休日の校舎内は人気《ひとけ》がなくがらんとしていた。長くて白い廊下《ろうか》の両端《りょうたん》に同じ間隔《かんかく》でドアが並んでいて、いかにも無機質で冷たい感じに、とわはますます気後《きおく》れした。ただでさえ、苦手な数学を専門的にやっている研究室が冷たくて静かなのは、緊張《きんちょう》がつのるばかりだ。

まずは洗面所で手を洗い、気持ちを整える。

「ここよ」

朝先生が立ち止まったドアの上には、〝関口〟とネームプレートが貼《は》ってあった。

「お邪魔《じゃま》します」

挨拶《あいさつ》と共に朝先生が大きく引きあけたドアから、部員たちはぞろぞろと入り、美織に続いて、とわも入室した。体がこちこちになっていた。

「やあ、いらっしゃい」

だが奥《おく》から出てきた関口教授の顔を見て、多少強張《こわば》りがほぐれた。

よかった〜。

最近の経験から、とわの中で数学好きな人のイメージが固定されつつあった。

変わり者。

在しかり、朝先生しかり。さらには極《きわ》めつきの潤。以上の三名はたたずまいから変わっているし、普段《ふだん》の見た目は普通の高校生っぽい響と章も、こと数学の問題を解くときには、非日常的なオーラを放つ。だから数学のオーソリティーである大学教授はどんな風変わりな人かと恐《おそ》れていたのだ。

ハイファンタジーに出てくる、万能《ばんのう》の魔王《まおう》みたいな人だったらどうしよう。研究室で、火や水や風を自由自在に操《あやつ》っていたら、どんな挨拶《あいさつ》をしたらいいのか。

だがそこにいたのはいたって常識的な、むしろ穏《おだ》やかそうな人だった。

すすめられて、とわたちはソファに腰《こし》を下ろした。研究室は学校の教室の半分くらいの広さで、手前に応接セットがあり、奥《おく》に机があるようだった。部屋の隅《すみ》には小さなキッチンも設置されている。カーテンが開かれた窓からは向かいの研究棟《とう》が見える。

研究室というからには、見たことのない実験道具や大掛《おおが》かりなコンピューターなどを想像していたが、部屋はごくシンプルだった。火と水は、ちょっとしたキッチンにある程度、風は窓と換《かん》気扇《きせん》から取り入れるシステムで、日常の範囲内《はんいない》のようだ。魔術が使えるタイプの設備ではなさそうだ。

ただやはり書物は多く、壁一面《かべいちめん》に棚《たな》があり、そこにぎっしりと本や資料が並んでいた。また、棚の下部は引き出しになっていて、一つひとつに名前が貼《は》ってある。分類がきちんとなされているらしい。反対側の壁には、大きなホワイトボードが貼ってあった。

潤の部屋とは大違《おおちが》い。

在は「人による」と言っていたが、関口教授はきれい好きの人らしい。

「インフィニティ総合学園高等部の生徒たちです。こちらは数学研究部の三人で、こちらの女子二人は、部員兼《けん》新聞部の取材です」

朝先生が生徒を紹介《しょうかい》してくれたので、とわたちもひとりずつ挨拶《あいさつ》をした。美織と、とわが美術系と文系の生徒だとわかると、関口教授はこう提案した。

「では今日はナッシングセミナーでいきましょう」

「ｎｏｔｈｉｎｇ?」

「ってなんにもないってことだよね」

美織と、とわは顔を見合わせたが、ないのは講義ということだった。

「一方的な講義ではなく、誰《だれ》かが話題を振《ふ》って、それに対して雑談をするということよ。海外のゼミでよく行われているのよ」

朝先生が説明してくれた。

「自由に話をしていく中で、数学のおもしろさを探《さぐ》っていきましょう」

関口教授の穏《おだ》やかな誘《さそ》いを受けて、朝先生は無茶な指示を出した。

「せっかくだから、とわさん、何か質問してみたら」

「えっ。無理ですよ。私なんかやっとマイナス×《かける》マイナス問題を理解したんですよ？　そんなレベルで大学の先生に質問なんて」

滅相《めっそう》もないと両手を振《ふ》ったが、関口教授はゆっくりと復唱した。

「マイナス×マイナスですか」

知られてしまったのですら恥《は》ずかしいのに、突《つ》っ込《こ》んでこられて赤面した。

「……はい。借金が二倍になるのに、お金持ちになるのは絶対におかしいとずっと思っていて」

「なるほどね」

申し開きをするように言うと、関口教授は生真面目《きまじめ》にうなずいた。

「きっとあなたはしっかりした人ですね」

「……そうなんですか」

「ええ。マイナスを減ると考えて、その積がプラスになるのがおかしいと思うのは、経済観念がしっかりしているのです。だからきっと借金なんかしないでしょう」

そういうこと？

「……どうもありがとうございます」

首を傾《かし》げつつも、とりあえずお礼を言うと、教授は「どういたしまして」とお辞儀《じぎ》を返してくれた。

「マイナスはね、方向転換《ほうこうてんかん》なのです。たとえばマイナス1は反対方向に180度回転をするということなのです。こういうふうに」

言いながら教授は立ちあがった。そしてホワイトボードに、すっと一本直線を引き、メモリをつけた。

数直線上で0から180度戻《もど》しながらマイナス1を示し、

-1＝180度回転

と書き加える。

「ちょっと難しいですけど、数学にはiという数字があります。これは虚数《きょすう》、イマジナリーナンバーと言って、二乗するとなぜかマイナス1になるという不可思議な数字です」

「二乗でマイナス？」

とわは、頭が混乱してしまった。二乗ということは、同じ数字を掛《か》けあわせるということだ。つまり掛け算。マイナス同士を掛けあわせたものが、プラスになるわけをやっと理解したところなのに。

ぶち壊《こわ》すような数の登場に、とわは、気分が悪くなったが、在は声を弾《はず》ませた。

「虚数が発見されたときのことは、前にテレビで見ました。十九世紀の数学者たちは驚《おどろ》いたって」

「ええ、エルミートは『恐《おそ》れおののき目を背《そむ》けた』し、ポアンカレは『直観はいかに我々をあざむくのか?』と言い残しているわね」

「ホラーか」

朝先生が言葉をつなぐのに、美織はぼそっとつぶやいた。とわも同感だったが、教授は女子二人の困惑《こんわく》を受け止めるように、ゆっくりとうなずいた。

「数の世界が完璧《かんぺき》に正しいから起こることですよ。わかるとか、わからないはあくまでこちら側の話で、あるものはある。数のほうは平気でその存在を主張してくるのです。虚数《きょすう》が出てくるのもそのせいです。完璧とはそういうものなのです。圧倒的《あっとうてき》にゆるぎないと思えば、平気で裏切る。我々には計り知れない。それこそが完璧に正しいことなんです」

教授は、禅宗《ぜんしゅう》のお坊《ぼう》さんのようなことを言って、また数の世界に戻《もど》った。

「iは90度回転ということです」

i＝90度回転
式が増える。

「ということで、iの二乗は180度となります」

ここまでくると、とわの頭の中からは数字たちはすっかり逃《に》げていってしまっていて、さらさらと動くペン先を目で追うだけだった。

「ではせっかくiが90度回転するということがわかったので、ひとつ質問です」

教授が楽しげに言いながら、
8×i＝

と書いた。

「どなたかわかる人」

8iかな。

意外に簡単な数式だったが、気後《きおく》れしていると、

「え、普通《ふつう》に8iっすよね」

章が言葉にしてくれた。

「それじゃあ、当たり前すぎるよ」

そこに疑《うたぐ》り深《ぶか》い在が腕《うで》を組む。響もじっと考えているようだが、答えには辿《たど》りつかないようだ。8iが違《ちが》うとなればもちろん、とわもギブアップだ。美織も目をぱちくりさせていた。

すると関口教授は笑顔《えがお》を浮《う》かべ、

「iは90度回転なので、8にiを掛《か》けると90度回転をして、無限大になります」

と大きく∞を書いた。

「……なーんだ」

「なるほど」

「おもしろいっす」

数研部員は脱力《だつりょく》ぎみに笑った。

とわと美織は顔を見合わせたが、朝先生に、

「これは関口教授お得意のジョーク」

と説明されてやっと笑いどころがわかった。

数学はジョークも基礎《きそ》知識がないとわからないのは、やはり敷居《しきい》が高いが、おかげで多少はリラックスした。

それから関口教授は、懸賞金《けんしょうきん》がついているという数学の問題の話をしてくれた。数学の歴史は紀元前までさかのぼるが、解明されていない問題がたくさんあるのだという。そのいくつかの問題には懸賞金がかけられていて、今も世界中の数学者たちが取り組んでいる。1億円の賞金がかかったミレニアム問題という六つの難題があるという。

「1億円！」

「いちばん高いピアノコンクールでも1200万円だ」

「大相撲《おおずもう》の優勝賞金よりも高いっす」

数研の三人は一気に色めき立った。とわも驚《おどろ》き、美織も素早《すばや》くメモを取ったが、朝先生はもの

憂《う》げに首を振《ふ》った。

その問題はあまりに難しく、世の中でいちばん稼《かせ》ぐのが難しい1億円とまで言われているそうだ。

「これまで挑戦《ちょうせん》した数学者たちは、何人も貧乏《びんぼう》なまま人生を終えてしまっているわよ」

地道に働いたほうが手っ取り早そうだった。

「ミレニアム問題ではないが、二千年来未解決という問題もありますからね。奇数《きすう》の完全数がな
ぜないのか、とかね」

「二千年？」

とわは、思わずいすを握《にぎ》りしめた。座《すわ》っているいすごと時空を超《こ》えてしまいそうな気分だ。

「しかも解けたからといって、研究は終わりではないですし」

教授の声がかすれて聞こえた。

「解けても終わりじゃないんですか？」

「はい。研究は永遠に続きます」

ぴゅーっ。

とわは、耳元で時空の外に放り出される音を聞いた。

次に我に返ったとき、関口教授と在たちはカレーの話をしていた。もっともおいしいカレー屋

さんや、カレーの作り方ではなく、手元の紙には、渦巻《うずま》きが二つ書いてあった。カレーをかき混ぜてできる渦が、すぐ消えるわけを考察しているようだった。〝回転成層流体《かいてんせいそうりゅうたい》の安全性《あんぜんせい》〟と書いてある。

「二つの渦巻きの間のズレについて考えてるんだって」

小声で美織が教えてくれた。

「最初のズレがどんなに大きくてもそれに応じて回転速度を大きくすると、ズレは小さくなるんです。つまり、お互《たが》いが回転していると、ズレは気にならない」

などといわれても、とわにはさっぱりだったが、ぼんやり思ったのは、母と祖母の関係だ。ズレている二人が仲よくやるための数式もあるのだろうか。

もっともあったとしても、とわには計算ができないので、解決しそうにはないが。

わからないことばかりだったが、いちばん盛りあがりを見せたのが、数学研究部で起こる木曜日のミステリーの話だった。

「ほう。それはおもしろいですね」

関口教授も体を前のめりにした。

「そうなんっす。最初はたまたま自分がやりかけの問題を忘れて帰ったんっすけど」

「次の回にはそこに、解答らしきものが書き入れてあって。めっちゃ癖字《くせじ》だったので、ただの落書きかと思ったんですが、よく見ると数字や記号の連なりだったんです」

「ベートーヴェンが夜中に書いた楽譜《がくふ》のように読み解けなかったな」

「で、誰《だれ》がやっていたのですか」

回想する三人に関口教授がそう問うと、朝先生が口を挟《はさ》んだ。

「誰だと思いますか？」

「まるで神さまみたいですね」

「そうでしょう」

二人は謎《なぞ》の会話をしながら笑い合っている。

何？　何？

とわをはじめとして、ほかの部員三人もいぶかしげな顔をしていた。期待にわずかな恐怖《きょうふ》が混じった空気が張りつめる。

と、押《お》し殺《ころ》すような静寂《せいじゃく》の中、美織が「ぶっ」と噴《ふ》き出《だ》した。

「そういえばとわちゃんったら、小人《こびと》の靴屋《くつや》とか想像してたんだよね」

「小人の靴屋って、貧しい靴屋が作りかけの靴を置いて寝《ね》たら、朝になったらできてたってやつ？」

意外にも、在はあらすじをちゃんと知っていた。そのうえさらに意外だったのは、朝先生のひとことだ。

「ああ、そういうことなのよ。ね、先生」

朝先生は含《ふく》み笑《わら》いのまま、関口教授に同意を求めたのだ。

「そうですね。神さまは手帳を持っているといいますからね」

「神さま？　手帳？」

繰《く》りかえしただけで、とわの胸は跳《は》ねた。

「そうなのですよ。数学者の間では、そういう表現をすることがあるのです。我々は、難しくてわからない問題をずっと長いこと解いているわけです。まるでスルメでもかむみたいにずっと考えている。夢の中でも解いているんですよ」

「夢で、ですか？」

悪夢だ。

日常生活に支障をきたすだけでなく、睡眠《すいみん》の邪魔《じゃま》までされてはたまらない。とわは、ぞっとしたが、教授はむろん平気そうだ。

「ええ。夢も自分の脳が見せるものですからね。イメージができていれば解けることもあるんでしょうね。まあとにかく、二十四時間三百六十五日の間、気がついたら頭の中に数字がある」

とわは、そっと在を見た。こちらも当たり前のような顔をしている。巷《ちまた》にあふれる数字に対し何かせずにはいられないらしい在は、やはり立派な数学者だ。

「ところが、そんなふうにして何年も何年も考えていてもわからなかった問題が、あるとき突然《とつぜん》わかることがあるんですよ」

「ひらめくんですね」

在はそれこそがひらめきとばかりに目を輝《かがや》かせた。

「そうなんです。ピンとね。それを表して、数学者は『神さまから手帳を見せてもらった』と言うのです」

「そういうことはありますね。モーツァルトも一晩の間に名曲を何曲も作っています。あれも神がかっているとしか言えません」

「土俵にも神が宿っているっす。だから、思わぬ力が出ることもあるけど、ひどい目にあうこともある」

「芸術の神はミューズだしね」

「小説家も物語がおりてくるとか、ふってくるとか言いますね。あれも神さまかな」

とわの心も高鳴った。

「そうだよきっと。昆虫《こんちゅう》の体も、どうしてあんなに理にかなってるのかと思うことがある。神がいて、うまい具合に作ったとしか思えない」

興奮に沸《わ》き立《た》つ高校生たちを関口教授は愉快《ゆかい》そうに眺《なが》めていたが、少し無念そうな声を出した。

「でも神さまはケチだから、ちらっとしか見せてくれないのですよ。それも人間がとことんやったうえで、最後の最後にほんの少しだけしか見せてくれません。小人の靴屋《くつや》の話もそういうことだったのかもしれません。一生懸命《いっしょうけんめい》真面目に働いていた靴屋の職人に、神さまが最後にちょっと力をくれたのでしょう」

みんなをたしなめるようでもあったし、いたずらっぽくもあった。すると、朝先生が水を向けた。

「先生は、神さまの正体をご存知《ぞんじ》なんですよね」

「えっ」

「知ってる？」

とわと、美織は前のめりになった。

「はい。もっとも私がそう解釈《かいしゃく》しているだけですけどね」

それから関口教授がしてくれた話は、とても心が温まるものだった。実際には少し奇妙《きみょう》で、荒唐無稽《こうとうむけい》な話かもしれない。真面目な人が聞いたら、笑ったり引いたりするかもしれない。けれども単なる比喩《ひゆ》とは言い切れない奥行《おくゆ》きと温度があった。それだけで充分《じゅうぶん》、心が満たされるものだった。

「まあ、もうこんな時間」

朝先生の声に顔をあげると、窓の外はすっかり陰《かげ》っていた。時間を確かめると三時間も経過していて、それこそ小人か神さまが時計の針をいたずらしたのではないかと思うほどだった。

「インフィニティ総合高校は良《い》い高校ですね」

帰《かえ》り支度《じたく》をしはじめたとわたちに、関口教授は穏《おだ》やかに微笑《ほほえ》んだ。「ゴン高」とは呼ばなかった。

「さまざまな分野の無限の可能性を伸《の》ばす学校という理念は素晴《すば》らしいと思います。世界は人が作っていますが、時に人知を超《こ》えたものに脅《おびや》かされることがある。そんなときこそ、理系や文系や芸術系のあらゆる才能が力を合わせなければなりません。そうして初めて、人間の営みが保てると思います」

関口教授の言葉は、とわの心に染《し》み込《こ》んだ。

帰りは正規のルートを通った。舗装《ほそう》された坂道を、とわはすっきりとした気分で歩いた。とわだけではなく、美織も響も章も、そして在も。新しい力が芽生えたような、晴れ晴れとした顔をしていた。

潤ちゃんも来ればよかったのに。

歩きながら、思わずにはいられなかった。


〝招待状を受け取ったナジャカンは、大変ももやした気分でした。嫌《きら》われ者《もの》の自分なんかが王さまのお城なんかに行けやしない。でも行きたい。いやだめだ。行ったら笑われる。でも自分だって数学ができるんだとみんなに知ってほしい。でも失敗したら恥《は》ずかしい。やっぱり笑われるだけだろう。それでも……いや……。行《い》きつ戻《もど》りつの気持ちが互《たが》い違《ちが》いにこみあげて、頭の中でぐちゃぐちゃに絡《から》まってしまっているのです……。〟


「あー、だめだわ、これは」

とわは、シャーペンを置いた。自分の頭の中もぐちゃぐちゃになってしまった。本当はナジャカンが仲間たちとお城に行って、美しい数式を披露《ひろう》するストーリーを思《おも》い浮《う》かべていたのに、話が立ち止まってしまった。

あんなに素敵《すてき》な話を聞いた感激をそのままにぶつけてみたものの、うまくいかなかった。

ああ、文学の神さまは手帳を見せてくれないかな。

まだ胸にあたたかな日差しのような余韻《よいん》が残っていた。


「今でもどこかで研究を続けている友が、ときどきヒントをくれるんですよ」

そう言った関口教授の目も、冬のひだまりのように静かで温かかった。

聞き方によれば、奇妙《きみょう》で荒唐無稽《こうとうむけい》な関口教授の話。けれども聞いているうちにすっかり引《ひ》き込《こ》まれてしまった。

神さまの正体を明らかにするために関口教授が始めたのは、その親友との思い出話だった。教授は大学時代、数学の勉強のためイギリスに留学し、そこで親友となる人と出会った。

「彼《かれ》はインド人でした」

日本から海外に留学する学生は増えてきてはいたが、当時のインドからはよほど優秀《ゆうしゅう》な学生しか資格を得ることができず、その学生も大変優秀だったという。

「私は英語がとても苦手です。だから現地ではあまり口を開きませんでしたが彼もでした。彼はもっとひどくて、ヒンディー語しか知りませんでした。けれども私たちは仲よくなりました。どうしてだと思いますか？」

「インスピレーションとか？」

「超能力《ちょうのうりょく》とか？」

それまで科学では解明できないことを話題にしていたせいで、美織と、とわは口走ったが、冷静な声がそれを制した。

「数式ですね」

在だ。

「そうです。数式は万国《ばんこく》共通です。仮に言葉が通じなくても、数式を介《かい》せば会話ができるのです」

「音楽みたいですね。音楽は国境を越《こ》えます」

「相撲《すもう》も見ればわかるっす」

「絵画もですよね」

響と章と美織が言うのに、関口教授は微笑《ほほえ》んでうなずいた。

「そうですね。そんな感じです。私たちは同じ数式を見て美しいと感じ、感動を分かちあうことができましたから、言葉なんかいらなかったのです」

「数式が美しい」

とわは、ついつぶやいた。それもまた、かねてからの疑問のひとつだったのだ。音楽や絵画はともかく、数式を美しいと感じる感覚が理解できなかった。だからこそ、関口教授の説明はわかりやすかった。

「数式が美しいと感じるのは、それまでの経験によるものです。それまでどんな問題に出合って、どんなふうに解いてきたか。そうだ、ちょうど異性の好みのタイプと似ているかもしれませんね」

美織がちらっと響を見る。

「好みのタイプもそれまでの経験によって作られるといいます。たとえばお父さんやお母さんから優《やさ》しくされた経験を持つ人は、よく似たタイプの人を好ましく思い、そうではなかった人は、逆のタイプを美しいと思うというような。それと同じでこれまで自分と相性《あいしょう》がよかった問題を解いて出てきた数式は、美しいと感じる」

「わかる気がする」

とわもなんとなくだが実感できた。ほかのみんなも得心がいったような顔をしていた。

「私たちは美しいと感じる数式が同じだった。同じ数式に出合ったとき、心が晴れ晴れとするような爽快感《そうかいかん》と満たされるような充実感《じゅうじつかん》を持った。ただの物質移動の数式に同じ風を感じ、回転する図形に宇宙の始まりを見た。お互《たが》いのこれまでの人生を理解するのに、これ以上の情報はいりませんでした。私たちはすぐに親友となりました」

部員たちは、真剣《しんけん》な面持《おもも》ちで話に聞き入っていた。とわもまた、素晴《すば》らしい物語の一文をかみしめたような気持ちになっていた。

「彼《かれ》との日々は本当に豊かなものでした。もとよりインドは優秀《ゆうしゅう》な数学者を数多く生み出した国です。彼《かれ》も私がそれまで出合ったことのない新しい発想を持っていた。大変刺激的《しげきてき》でした。私たちは研究を重ね、共同で論文を書きました。そのうちにちょっと不思議な体験もしました」

「不思議な？」

がぜん身を乗り出す美織と、とわに、関口教授は、淡々《たんたん》とした口調で話してくれた。

「研究をしているうちに、言葉がいらなくなっていたのです。もっとも最初から言葉は不自由だったので、数式でつながっていたのですが、途中《とちゅう》からそれすらいらなくなってしまった。まるでテレパシーみたいでした。相手の頭の中の数字が突然飛《とつぜんと》び込《こ》んでくる感じです。『おお、今、私もそれを考えていたんだ』とそれぞれの母国語で叫《さけ》びながら、何度肩《かた》を叩《たた》きあったことでしょう」

「すごい」

「ブラボーだ」

「やばいっす」

「いつか二人で、世界中の数学者を驚《おどろ》かせるような論文を書こうと話していました。ところが……」

そこまで話して関口教授はふっと黙《だま》った。これまで力強く輝《かがや》いていた目が、一瞬《いっしゅん》、洞穴《ほらあな》みたいに空虚《くうきょ》になった。

「それは叶《かな》いませんでした。彼《かれ》の体は病魔《びょうま》にむしばまれていたのです。気づいたときには、すでに手の施《ほどこ》しようがありませんでした。私はずっと一緒《いっしょ》にいたのに、彼の体の不調にはまるで気がつきませんでした」

淡々《たんたん》と語る関口教授の視線はよるべなく、どこか違《ちが》う場所をさまよっているようだった。一緒にいたイギリスかもしれないし、親友の故郷のインドかもしれない。あるいは、数学の世界かもしれない。とにかくどこか遠いところにあるようで、とわは心もとない気持ちになったが、教授はしっかりと顔をあげた。

「しかし私は彼が今も研究をしていると思うのですよ」

温度が戻《もど》った声で言った。

「天国で、ですか？」

尋《たず》ねた在に、うなずくと、

「そうですね。場所の名称《めいしょう》はわかりませんが、どこかの研究所です。彼はそこに拠点《きょてん》を移して、今も研究をしているのを、確かに感じるのです。そしてときどき、それが私にも伝わってくる。一緒に研究をしていたときのように」

「先生にとっての神さまの手帳なんですよね」

「そうです。ずっと考えていた問題がひらめいたとき、私は向こうの研究所の彼もひらめいたのだと思います」

あっ。

関口教授の解釈《かいしゃく》に、とわは思わず叫《さけ》びそうになってこらえた。

もしかして。

物語も同じかもしれないと思った。「物語がおりてくる」という表現を聞くことがあるが、その仕組みを見たような気になった。小説家たちは、この世からいなくなっても、どこかへ書斎《しょさい》を移してずっと書き続けている。それを頑張《がんば》っている人のところにときどき落としてくれるのではないだろうか。

と、そのとき、

「わー、それやばいじゃん」

突然《とつぜん》、在が叫んだ。

「そんなら偉大《いだい》な数学者たちは今でもどこかで研究してるかもしれないですね。フェルマー、ニュートン、ラマヌジャン、関孝和《せきたかかず》、岡潔《おかきよし》、あと偉大なる大数学者、ガウス。そんな人たちの研究が飛んできたら、すっげえことになるじゃん。おお、ガウスプリーズ」

「わあっ」

在とまるで同じことを考えていたとわは、今度こそ叫んでしまったが、朝先生は諫《いさ》めるような顔をした。

「そんな簡単なものじゃないわよ。第一そんな人をプリーズしちゃったら、大変な人生になるわよ」

けれども高校生たちは口ぐちに叫《さけ》んだ。

「ショパンプリーズ」

「双葉山《ふたばやま》プリーズ」

「ピカソプリーズ」

研究室でのことを思い出しながら、とわは、うまく進まないナジャカンの話を読みかえした。

「グリム、プリーズ」

無駄《むだ》なことだとは思いつつ、小声でつぶやいてみた。

13

関口《せきぐち》教授のセミナーを境に、数学研究部の雰囲気《ふんいき》はがらりと変わった。追《お》い込《こ》みモードになったのだ。これまでのように、過去問が配られて、それを解き、誰《だれ》かが解説をし、それについてさらにほかの解き方を提示する。やっていることは変わらないが、その密度がぐっと濃《こ》くなった。緩《ゆる》んだ時間は一切《いっさい》なくて、三人の集中力が、一直線に数学の問題にのみ向かっていることがわかった。

その内容のほとんどに、とわはついてはいけないが、新しい解き方が提示されるたび、鮮《あざ》やかな風景を見るような気持ちになった。

以前見た、立方体の切断部分のようだった。角度を変えて切るたびに、形の違《ちが》う図形が現れたときには、ただ目をみはったが、あの図形の出現にも数式の確かな裏付けがある。それと同じで、目の前で導き出される解答は、いずれもなんらかの数の理《ことわり》に乗っ取っている。わからないながらに、確固たる強さを感じてしまう。

けれども、というべきか、そして、というべきか、そんなゆるぎないほどに正しいやり方が、いくらでも存在するのだ。たったひとつの正解に行きつくためには、どんな考え方を用いるのも自由だ。自分が選んだやり方で到達《とうたつ》するまで、正解は動かずにじっと待っている。千年でも、二千年でも。

数学の、圧倒《あっとう》されるような包容力と普遍《ふへん》。

空気がぐっと引きしまっていた。いや、引きしまっているのは、とわの体のほうだった。体の隅々《すみずみ》の神経が、巨大《きょだい》な正しさを前にきゅっと静まりかえっていた。

とわは三人を、改めて眺《なが》めてみる。三人三様。

響《ひびき》はピアニストのように美しく。正確な音色を確かめながらリズムを作り、鍵盤《けんばん》の叩《たた》き方《かた》に強弱をつけて表現するように、数字も操《あやつ》っている。

章《しょう》はアスリートらしくがむしゃらに。とにかく動きながら、しかしときには静止して次の動きを探《さぐ》りながら。数字と体当たりで格闘《かくとう》している。

そして在《あり》。在は研究者だ。あらゆる角度から細かく観察し、吟味《ぎんみ》しながら、予測と検証を繰《く》りかえし、粘《ねば》り強《づよ》く数の把握《はあく》を試みる。

それぞれのやり方で問題に取り組んできた三人は、それらをいっそうパワーアップさせてぶつけあっていた。

すごいな。

何かに一生懸命《いっしょうけんめい》に取り組んでいる人たちを間近で見ることで、こんなに清々《すがすが》しい気持ちになるとは思わなかった。よりによって大の苦手の数学がそれに気づかせてくれるとは。

私も頑張《がんば》りたい。

体中を、じれったいほどの力が満たすのを、とわは感じた。


新しい年になった。今年のお正月、とわは父と一緒《いっしょ》に祖母の家に行ってみようと考えていた。だが、計画は叶《かな》わなかった。年末からインフルエンザにかかってしまったのだ。高熱に浮《う》かされながら、とわはもどかしい夢を見ていた。

お城に招待されたナジャカンが道を間違《まちが》えたり、途中《とちゅう》で人に会ったりして、なかなか辿《たど》りつかない夢だ。夢の中でも研究を進める関口教授のようにはいかなかった。

きっとイメージできないんだな。

とわは、ふわふわと頼《たよ》りない頭で、残念に思った。

三学期が始まり、数学研究部も活動を始めた。

数学オリンピックはもう、すぐそこに迫《せま》っている。

三学期からは朝《あさ》先生特製の予想問題の量もぐっと増えたが、部員たちの集中力はさらに高まっていた。健康管理も万全《ばんぜん》。気迫《きはく》も充分《じゅうぶん》に、問題に取り組んでいた。黒板を数字と記号でいっぱいにし、何枚も何枚も計算をし、細かな表もいとわず書いて数字を埋《う》めていく。

「山登りっていうのは、最後の最後が辛《つら》いのよ」

Q大道《だいどう》を登りながら言った朝先生の言葉が思い出された。

まだ上があったのか。

怖《こわ》いような気さえしたが、確かにもう昆虫《こんちゅう》博士やピアニストや力士ではなく、さしずめ、クライマーのようだった。体全体を使って、数学の崖《がけ》をよじ登っている。

とわも、部室の片隅《かたすみ》でせっせと数学の宿題をしていた。はかばかしく進むわけではないけれど、頑張《がんば》っている人たちのそばでは襟《えり》を正さずにはいられない。


「では、試験当日のことについて話しておきます」

その日の問題を解き終えると、朝先生がオリンピック予選当日の説明をした。

「いよいよ予選は次の月曜日になりました。当日はジュニアオリンピックの予選も同時に行われますので、混雑が予想されます。会場は近くですが早めに行って、座席などの確認《かくにん》をしてください」

会場となる予備校は、学校のすぐそばにある。インフィニティ総合高校を卒業して入校する生徒も少なからずいるため、口の悪い周辺住民からは、ゴン大学などと言われている。

「私も応援《おうえん》をかねて会場入りを確認します。とわさんも来るわね」

「あ、はい」

前提のおかしい誘《さそ》いにももう慣れてしまったが、とわは美織《みおり》から会場入りの写真撮影《さつえい》を任されていた。ほかの取材に行かなければならない美織が、同行を泣く泣く諦《あきら》めたからだ。

部活が終わり、とわはバス停でバスを待っていた。文庫本を取り出そうとしてやめた。ひとりになると、気がかりなことが頭をもたげてきたのだ。

潤《かん》ちゃん。

潤は無神経な小宮山《こみやま》の取材以来、303教室に来なくなったままだった。三学期に入ってもやってくることはない。だからミステリー問題にも手がつけられていない。まっさらな問題を見るたびに、とわは落胆《らくたん》していた。

「絶対来る」

在は断言したけれど、事態はそんなにうまくは進まないようだ。マフラーに顔をうずめるようにして考えていると、

「と～わさん」

楽しげな声がした。振《ふ》りかえると朝先生が滑《すべ》ってやってきていた。

「ああ、どうも」

軽く会釈《えしゃく》をすると、朝先生は地面に片足をついてキックスケーターを止《と》めた。

「三か月ありがとうね」

「え？」

だしぬけにお礼を言われて目をぱちくりさせてしまったが、朝先生は嬉《うれ》しそうだった。

「おかげで今年は、みんなの気合が違《ちが》ったわ。きっと新聞部の取材が励《はげ》みになったんだと思う。

ああ、もちろん、あなたの存在もいい刺激《しげき》になりました」

「そんな、私何もしてないです」

というより学校新聞のせいで、数研を引っかきまわしました。

続けたい言葉を胸の中だけで謝《あやま》ると、先生は見越《みこ》したように言った。

「本当は名島《なじま》くんも受験したらどうかと思って、カウンセラー室の先生とも相談してたんだけど」

「そうなんですか？」

「ええ。結果はどうあれ受験だけでもしてみればと思ったんだけど」

「自信になるかもしれませんよね」

とわが続けると、「そうなのよ」と言うように朝先生はうなずいた。

「ちょっとおせっかいが過ぎたのかもしれませんね」

「そんなことないわよ。みんなの気持ちは通じていると思うわ。名島くんだって、自分のやっていることを認められて嬉《うれ》しかったと思うわよ」

朝先生はウィンクをしてみせる。

「でも焦《あせ》りは禁物だから。何事もそれ相応の時が熟さないと、事は成らないようにできているの。変化は時が足りれば、内側から自然に起こるものよ」

朝先生は「ケセラセラ」と笑い声のように言って、キックスケーターを蹴《け》っていった。フェイクファーの毛皮で颯爽《さっそう》と夕闇《ゆうやみ》を切っていく姿は美しかった。

一月十三日、成人の日。数学オリンピック予選の日がやってきた。

正午過ぎ。自分が受けるわけでもないのに、とわは、集合時間よりもずいぶん早くやってきた。真冬の切《き》り込《こ》むような寒さに、予備校の玄関《げんかん》でカイロを握《にぎ》りしめて待っていると、受験生と思われる生徒たちがぞくぞくと集まってきた。

事前の説明では、予選はブロック別に行われ、インフィニティ高校数研部が挑《いど》む予選会場では、中学三年生以下が受ける「日本ジュニア数学オリンピック」と高校二年生以下の「日本数学オリンピック」の二種類が同時に行われる。在たちが参加する後者は、全国から四千人以上が挑《ちょう》戦《せん》するという。そのうちAランクの約二百人が二月の本選に進み、そこから約二十人にしぼられ、三月の東京合宿を経て、最終的に選ばれた六人が世界大会へ乗り込むことになっている。

先ほどから集まってきているどの生徒も優秀《ゆうしゅう》そうで、すでにとわが威圧《いあつ》されていると、

「よっ」

明るい声がした。

インフィニティ高校の一番乗りは在だった。

「野崎《のざき》さん、早いな」

「うん。他人事《ひとごと》なのに緊張《きんちょう》して早起きしちゃった」

逆に自分事の在のほうが、リラックスしている様子だ。平常と同じ裾上《すそあ》げスタイルだった。ただ冷《ひ》え込《こ》みのためか、コートとマフラーは着用している。

その後、同じ電車で到着《とうちゃく》したらしい響と章もやって来て、インフィニティ部隊は整った。

「結構多いんだね」

部員の写真を撮《と》り終《お》わって、ぞくぞくと集まる受験生にとわは、つい目を走らせる。可能性は低いと思っても一縷《いちる》の望みを持っていた。

「あっ」

「えっ、潤ちゃん来た？」

だからそのとき在があげた声にとっさに反応してしまったのだが、やってきたのは別人だっ

た。

「いや、朝先生」

通りの向こうに派手な人物がキックスケーターを蹴《け》ってやってくるのが見えた。ちょうど青になった横断歩道を渡《わた》ってくる。今日は漆黒《しっこく》に光るベルベットのロングコートだ。コートがなびくたびに、赤いミニスカートともども、そこから伸《の》びた黒い網《あみ》タイツの脚《あし》があらわになっている。およそ予備校には似つかわしくないスタイルで、通行人の視線を一身に集めていた。

「みんな揃《そろ》ってるわね」

キックスケーターをすーっとカーブさせて止まった朝先生が、息を弾《はず》ませて言ったときだった。

「あっ」

とわは、もう一度声をあげた。通りを隔《へだ》てたビルの角に、気にしていた姿が、ひょいと見えた気がしたのだ。姿の主《ぬし》はいったんビルの向こうから顔をのぞかせたものの、またすぐに引《ひ》っ込《こ》んでしまった。

「どうしたの?」

「先生、ちょっと貸してくださいっ」

とわは、キックスケーターを引き寄せた。

「いいけど、どうしたの？」

「いえ、ちょっと」

説明するのももどかしく足を載《の》せると、頭にすぽっとヘルメットがかぶせられた。点滅《てんめつ》信号を突《つ》っ走《ぱし》る。追いかけたい背中が消えた角を曲がった。

潤ちゃんだ！

五年ぶりだけれど、とわには、はっきりとわかった。

「あっ」

角を曲がったところで、とわは、また声をあげた。相手がほんの十メートル先にいたのだ。なぜか自転車を降りて止まっていた。追いかけてくるとわを気にしていたのだろうか。だが、声に気がついた潤は一瞬《いっしゅん》ぎくりと体を震《ふる》わせて、また自転車に飛び乗った。

「潤ちゃん、待って！」

とわは叫《さけ》んだ。と、潤はペダルをさらに強く踏《ふ》みはじめた。全力疾走《ぜんりょくしっそう》。

「ちょっと待ってよ」

とわも思いっきり地面を蹴《け》る。ハンドルに覆《おお》いかぶさるように前のめりになり、風を切る。走っているのは狭《せま》い路地だが、小回りの利《き》くキックスケーターは走りやすかった。さすがは朝先生の数学的センスで選び出された移動手段だ。

しかしそうとはいえ、高校生男子が必死でこぐ自転車にはなかなか追いつけない。とわは、さらにスピードをあげた。いや、勝手にあがった。道に傾斜《けいしゃ》がついていたのだ。歩行ならよくわからないほどのゆるい坂道だが、キックスケーターの車輪にはダイレクトに響《ひび》いた。どんどん速度が増していく。こんなとき数研部員なら、加速度の計算を始めてしまうのだろうが、とわには無理だ。

「ひゃーっ」

悲鳴が飛び出すだけだった。思いもよらないスピードに、とわはブレーキを握《にぎ》りつつ坂道を下ったが、それでも充分怖《じゅうぶんこわ》かった。

「ひゃーっ」

地面に足をついて止《と》まりたい。でも止まれない。とわは、小さいころ坂道で走っていて止まらなくなったことがある。そのとき、急にスピードを弱めたせいで、つんのめって見事に転んでしまったのだ。幸い大けがにはならなかったが、頬《ほ》っぺたに擦《す》り傷《きず》を負い、なかなか治らなかった。

同じ失敗を繰《く》りかえさないためには、ここは、このスピードで進むしかない。

パニックになりそうな頭で、なんとか考え恐怖《きょうふ》に耐《た》えた。

「きゃーっ」

叫《さけ》び声《ごえ》が風に散る。

冬の空気は冷たかった。

道はやっと平坦《へいたん》になった。

「学校」

そして突《つ》き当《あ》たりに見えたのはインフィニティ高校だった。


学校の前まで来たとわは、四方八方に視線を走らせたのち、校門を入った。学校の周辺は見通しのよい道路が放射線状に延びているのだが、そのいずれにも潤の姿は見えなかったからだ。

消去法の選択《せんたく》だったが、潤のものらしい自転車はすぐに見つかった。中央棟《とう》の正面玄関《げんかん》の横。

「あった」

自転車置き場でもないところにある自転車は、今止《と》めたことを物語っているように、乱暴に止まっていた。

とわはその隣《となり》にキックスケーターを止め、玄関を入った。部活動の生徒のため、祝日も学校は開いているが、中は寒く、しんとしていた。凍《い》てつく校内をずんずん迷いなく進む。ともかくカウンセラー室に行ってみようと思った。

だが、エレベーターホールまで行って、見当違《けんとうちが》いを悟《さと》った。エレベーターは一階にあったのだ。カウンセラー室は五階だが、そこまで階段を使うとは考えにくい。

もしかして。

吹《ふ》き抜《ぬ》けの天井《てんじょう》を見上げる。

あっ。

そのときかすかな音が聞こえた。ドアをあける音だ。

三階？

とわは階段へ向かった。吹き抜けのらせん階段を見上げる。

潤は数研の部室にいる。

確信は湧《わ》いていた。とわはゆっくりと階段を上りはじめた。自分はどうしてもそこに行かなければならない。

会わなくちゃ。

３０３教室はあいていた。

「ふう」

ひとつ大きな息をつき、覚悟《かくご》を決めて中をのぞき込《こ》む。

あ。

やはりいた。

潤は教室の中央あたりの席にいた。机にかじりつくようにして解いているのは、数学の問題らしい。

潤はあまり変わっていなかった。長めの黒髪《くろかみ》に、鉛筆《えんぴつ》みたいに細い体。身長だけはかなり伸《の》びていた。持っているのが鉛筆ではなくギターなら、ロックミュージシャンみたいな風貌《ふうぼう》だ。

「潤、ちゃん」

呼びかけると、ちらりと一瞬《いっしゅん》目をあげたが、前髪は両目をすっぽり隠《かく》していて、表情をうかがうことはできない。でも、とがった鼻と薄《うす》い唇《くちびる》は、間違《まちが》いなく潤だ。

「私、わかる?」

確認《かくにん》すると、潤はわずかに頭を上下させた。

「うん。……タンチャ」

タンチャ。

それは潤が幼いころに呼んでいた、とわの呼び名だ。祖父母のことを「じっちゃ」「ばっちゃ」と呼ぶように、「とわ」のことは「タンチャ」と呼んでいた。

学校では、誰《だれ》からもそんなふうには呼ばれないので、とわはいつもびくびくしていた。潤が自分に「タンチャ」と呼びかけたら、従兄妹《いとこ》同士であることがばれてしまう、と。

潤は「タンチャ」と答えたきり、無言で机に向き直った。

とわは、少し考えてから、座《すわ》る場所を決めた。潤の席から二つあけた左側。視界には入るが、ある程度の距離《きょり》はある。ここなら余分な圧力をかけることもない気がした。もし自分が潤だったとして、ここに不慣れな誰かが座っても、さほど緊張《きんちょう》しないと思える。

はたして判断は正しかったようだった。潤はほどなくまた、自分の世界に入った。

ガリガリガリ。

激しい音をたてはじめた。懐《なつ》かしい音だった。潤はいつもこうして鉛筆《えんぴつ》を動かしていた。教室の隣《となり》の席でも。祖父母の家のちゃぶ台の上でも。

とわは、しばらくその一心不乱な様子を眺《なが》めていたが、

「さっきはごめんね」

気を取りなおして謝《あやま》った。

「急に声をかけたから、びっくりさせてしまったよね」

勇気を出して予選会場までやってきた潤の出端《でばな》をくじかせたかもしれないと思った。

「受験しに来たんじゃなかった？」

だが、ほんの一瞬《いっしゅん》、動きを止《と》めて、潤は頭を横にきっぱりと振《ふ》った。そしてすぐにまた鉛筆を動かしはじめた。少しほっとしたが、でも本当に謝りたかったのはそこではなかった。胸には苦い記憶《きおく》が浮上《ふじょう》していた。そんなとわの胸の内を知るはずもない潤は、鉛筆を動かしていた。

ガリガリガリガリ。

あいかわらずだな。

とわは、丸めた背中をじっと見る。正直に言うと、物心がついたときから、潤のことは迷惑《めいわく》だった。小学校ではよくも悪くも独特な存在感を放っていて、こんな子が従兄《いとこ》だと思うと困惑《こんわく》した。ばれたら恥《は》ずかしいと思っていた。

でもその一方で、潤には嫉妬《しっと》も感じていた。祖父母にとても愛されていたからだ。特に祖父は潤のことを「天才」だと言ってはばからなかった。

掛け算九九も、ほぼ見ただけで覚えてしまった潤を、祖父は、

「潤は将来、エジソンかアインシュタインみたいな偉大《いだい》な科学者になるぞ」

ほくほくと言っていた。あの誇《ほこ》らしげな顔を、とわは鈍《にぶ》い痛みと共に覚えている。

困惑、羞恥《しゅうち》、嫉妬《しっと》。とわの胸の中には、手に負えない感情が渦巻《うずま》いていた。だからあんなことをしてしまったのかもしれない。どうしていいかわからない自分の感情ごと、消し去りたかったのだ。

あのことを白状したら怒《おこ》るだろうな。

とわは、潤に謝《あやま》らなければならない秘密をひとつ持っている。それは時々浮《う》かびあがっては、とわの胸をうずかせていた。

ガリガリガリ。

やっぱり、謝《あやま》ったほうがいいよね。でもまた机をひっくりかえして出ていっちゃうかも。なおも逡巡《しゅんじゅん》してしまう。勇気を出して自分の罪を告白して謝ってしまったほうが、すっきりすることはわかっていた。今日はその絶好のチャンスだ。

けれども実際に口をついたのは、罪の告白ではなく質問だった。

「ねえ。潤ちゃんの頭の中ってどうなってるの?」

罪人のくせして不謹慎《ふきんしん》だとは思ったが、それも長い間の疑問だったのだ。部屋の中はぐちゃぐちゃで、偏食《へんしょく》は激しく、きてれつな行動を取るくせに、数学だけが異常にできる頭の中が。久しぶりにこうして数学の難問を解いている姿を目にすると、この従兄《いとこ》の頭の中は、どうなっているのかという疑問のほうが先にたってしまった。

鉛筆《えんぴつ》の音が止まった。ほどなく短い返事が返ってきた。

「地図」

え?

とわの胸はどくんと跳《は》ねた。

「……地図」

繰《く》りかえしながら、鈍痛《どんつう》の元をぎゅうっと締《し》めつけられたみたいに苦しくなった。

それってまさか。

抱《かか》えている秘密と、潤の言った「地図」というワードが、胸の奥《おく》でぴったりと重なる。

「…………」

潤は顔をあげ、ふっと視線を動かした。黒目は左上にあったが、次元の違《ちが》う、どこかはるかを見ているようだった。

「地図ってどんな？」

つばを飲《の》み込《こ》んで、とわが尋《たず》ねると、何かを吟味《ぎんみ》するような慎重《しんちょう》さで、潤は言葉を発した。

「……数字が」

「散らばっているの？」

震《ふる》える声でとわは、尋《たず》ねた。地図と聞いたとたん、思い出したのは一枚の紙だった。長い間、胸をずくずくさせてきた記憶《きおく》の中の紙。痛みの元。書かれているのはランダムに散らばっている数字。

「そう」

とわの記憶をなぞるように、潤はうなずいた。

「並んでいるんじゃない。あちこちに曲がってる」

「曲がってる」

とわは繰《く》りかえした。その地図を確かに自分も知っている。

「矢印が引いてあるよね。数字がジャンプするみたいに、自分の場所に飛んでる感じだよね」

恐《おそ》る恐《おそ》る尋《たず》ねると、潤は目をかっと見開いた。

「ああ、そう」

潤はうなずいてから、少しだけ首を傾《かし》げた。

「タンチャにも見える？」

「ううん。私には見えない」

自分と同じものが見えているのかと、潤は尋ねたかったのだろう。しかし、残念ながら、とわには、見えない。ただ、そういうものを見たことがあるというだけだ。そしてそれが、心の痛み。

潤は説明を始めた。

「たとえば〝273〟という三桁《けた》の数字があるとする。おれの頭の中には、その数字に対応する場所がある。〝1579〟も〝47961〟もみんな。それがまるで地図みたいにマップされている。つまり数字はビジュアルな場所として記憶《きおく》されている」

どんどん早口になっていく。とわは、自分の爪《つめ》の先を見つめてつぶやいた。

「……そういうことだったんだ」

理解できたわけではない。ただあの紙を見たとき、「地図みたいだ」と思いはした。それにしてはできが悪かった。物語の世界の中には、宝の隠《かく》し場所《ばしょ》をかいた地図がしばしば登場してわくわくしたが、潤の地図はまったく心がときめくようなものではなかった。たたんでは広げて、何度もかき加えているせいかよれよれだったし、全体的に薄汚《うすよご》れていた。何より、数字と矢印と島みたいな形ばかりでおもしろくなかった。むしろ見ているうちに気分が悪くなった。だから捨てたのだ。小さく折りたたんで川に流した。

言おう。

とわは、決心をした。

「小学校の三年生のことだけど、河井《かわい》先生のかわりに来た先生から潤ちゃんがカンニングを疑われたことがあったでしょう」

罪を償《つぐな》うには、時系列に沿って謝《あやま》らなければならず、まずそこから話を始めなければならなかった。

すると潤の顔は一瞬《いっしゅん》引きつった。潤の心の傷にも触《ふ》れてしまったのかもしれないと、戸惑《とまど》ったが、一気に言ってしまう。

「あのとき、本当は潤ちゃんが計算が速いことを先生に言おうと思ったんだ。『カンニングじゃない』って。でも言えなくてごめん」

勢いよく頭を下げた。

「…………」

潤はぽかんとした顔をした。時間にあいた穴でも見ているようだったが、やがて思いなおしたように机に向かった。

ガリガリガリ。

再び鉛筆《えんぴつ》の音が聞こえ出し、とわは、少し楽になった。罪の告白は、何かの片手間に聞いてもらったほうがやりやすい。とわは心を決めた。

「それからもうひとつ、謝《あやま》らなくちゃいけないんだよね」

ガリガリガリガリ。

あの二日間のことを、とわははっきりと覚えていた。きっと何度も胸の内で反芻《はんすう》しているせいだ。

「その次の日のことなんだけど、家に帰ったら、カレンダーの裏紙が一枚ランドセルから出てきたんだ。そこに地図みたいなのがかいてあった」

ガリガ、
一瞬《いっしゅん》、鉛筆の音が止まったが、
ガリガリガリ。

また鳴り出した。

「潤ちゃん、あの朝にも机ひっくりかえしたでしょう？　覚えてる？」

ガリガリガリガリ。

「あのとき、荷物がぐちゃぐちゃになって、私のほうへまぎれ込《こ》んだんだと思う。数字の地図が」

ガリガリガリ。

カンニングを疑われた次の日の朝、登校してきた潤は、机の中をかきまわして何かを探していた。でも探し物は見つからず、パニックになってしまった。

「ないーっ！」

そして聞いたことのないような電子音で一声叫《さけ》ぶと、机をひっくりかえして、また教室を出ていった。前日と同じ光景が繰《く》りかえされたのだ。けれども同じではなかったのは、それっきりになったことだった。潤は学校も出ていって、帰ってこなかった。次の日も、その次の日も欠席をした。最初の不登校だ。

ガリガリガリ。

ガリガリガリ。

潤が出ていってすぐに、先生がやってきた。ひっくりかえった机を見て顔をしかめ、「かわりにかたづけなさい」と、とわに命じた。とわは息を止《と》め、なるべく手元を見ないようにして、散らかったものを潤の机の中に突《つ》っ込《こ》んだ。

問題はその先だ。それからのことを思い出そうとすると、とわの胸の痛みは強くなる。だからずっと思い出さないようにしていた。

ガリガリガリ。

ガリガリガリ。

潤の鉛筆《えんぴつ》を動かす音だけが、とわの耳に響《ひび》いていた。悪くない音だった。それどころか、少し心が落ち着くようだ。リズムがいいせいだろうか。胸の痛みが次第《しだい》に治まって、何かが、熱を持った。

言えそうだ。

とわは潤を注視する。机に覆《おお》いかぶさるように背中を丸めている潤。問題を解くときの潤は、音楽を奏《かな》でるような響のようでも、押《お》して押して押しまくる章のようでも、昆虫《こんちゅう》の繊細《せんさい》な体を点検する在のようでもなかった。

潤は数学の問題を抱《かか》え込《こ》むようにしていた。このうえなく大事そうに腕《うで》の内側に隠《かく》し、背中を丸めている。そして、鋭《するど》く光る目でひたすらに鉛筆の先を追っている。全身全霊《ぜんしんぜんれい》。

小さいころからの潤の姿が重なって、とわは、喉《のど》の奥《おく》からずっと出なかった言葉を出した。

「あの紙ね、本当は潤ちゃんの家に届けに行こうと思ったの」

ガリガリガリガリ。

でもとわは、そうはしなかった。そのころすでに祖父母の家に行くのが億劫《おっくう》になっていたこともある。しかし、それよりもとわの心の奥《おく》には、違《ちが》う思いが芽生えていた。潤に対して。まっすぐではなく、優《やさ》しくもない気持ち。どちらかといえば、よじれて意地悪な気持ち。

手の中にある汚《きたな》い地図が、潤の大切なものだということはわかっていた。いつも広げていたし、見当たらないだけであんなにパニックになっていたのだ。それなら大事にしまっておけばいいのに、机に突《つ》っ込《こ》んでいるだけのくせに、なくして大騒《おおさわ》ぎするなんて許せないと思った。しかもよく探せばあったのだ。そのうえ自分は、後かたづけをするはめにもなった。

「持っていってやることなんてないぞ。もうあいつとは関わらないほうがいい」

とわは左耳で、悪魔《あくま》がささやくのを聞いた。

「潤ちゃん、悲しがってるよ。持っていってあげたら?」

右耳に向かって天使の声がそう言った。

「やめとけ、やめとけ。お母さんにも叱《しか》られるぞ」

「その紙がなくなったらきっと潤ちゃんは、悲しむわよ。持っていっておあげなさい」

悪魔と天使が交互《こうご》にささやき、どうしていいかわからなかった。

そしてとわは、ある行動を取った。それは自分でも理解できないことだった。ほとんど発作的《ほっさてき》な行動だったと言っていい。

「でも、家の近くの小倉川《おぐらがわ》に流しちゃったの」

あとから考えれば、何もかもないものにしたかったからだと思った。悩《なや》ましいものは消し去りたかった。水に流してしまいたかった。

けれども消えはしなかった。それどころかますますしんどくなった。川に流れていった紙を見たときは、ほっとしたものの、じわじわと後悔《こうかい》が襲《おそ》ってきた。そしていつまでも心にこびりついている。

ガリガリガリガリ。

ガリガリガリガリ。

潤は、とわの一人語りになど頓着《とんちゃく》しない様子で、計算を続けている。

とわは、自分の心が軽くなっているのに気づく。長い間、胸に留め置いていたことを吐《は》き出《だ》したからだ。

ガリガリガリ。

ガリガリガリガリ。

すっきりしたせいか、鉛筆《えんぴつ》の音がより鮮明《せんめい》に聞こえてきた。

生きてるなあ。

潤の体から、強い生命力が伝わってきて、とわは、潤の姿にしみじみと見入ってしまった。

するとぼそっとした声がした。

「……大丈夫《だいじょうぶ》」

「え？」

「地図はあるから」

「まさか、川から拾ったの？」

とわが地図を流した川は、潤の家の前の川のやや上流だ。たまたま流れてきた紙を拾えたのだろうか。

思わず声が裏返ったが、潤は首を左右に振《ふ》った。

「だよね。じゃあまたかいたんだ」

それにも潤はかぶりを振った。

「地図は頭の中にある。頭の中のものはなくならない」

「……そうよね」

とわは、つぶやいた。ほっとしつつもばかばかしく、それでいてちょっと妬《ねた》ましい。ああ潤は、いつまでたっても独特な人なのだ。

「あっ！」

すると、突然《とつぜん》、潤が大声をあげた。

「びっくりした〜」

とわは胸を押《お》さえたが、潤はそれ以上に興奮していた。

「わかったかも。ずっと考えてた問題が今、解けたかも」

髪《かみ》の毛の下の目をぱちくりさせている。

「ずっと？」

「五年半くらい」

「うそ」

「じいちゃんから出された問題」

潤は、じっちゃではなく、じいちゃんときちんと発音した。なんだか嬉《うれ》しくなって聞きかえす。

「おじいちゃん？」

「うん。これ、じいちゃんが高校生のころから考えてたって」

「それ？」

のぞき込《こ》んだノートは、数字と式と表が入り乱れ混迷《こんめい》を極《きわ》めていた。とわは目を背《そむ》けたくなったが、潤の頬《ほお》は紅潮している。

笑ってる？

記憶《きおく》にある限り、初めて見る潤の笑顔《えがお》だった。とわの顔も自然に緩《ゆる》む。

「それはきっとおじいちゃんが教えてくれたんじゃないかな？　おじいちゃんは今でもどこかで問題を考えていて、それが今、解けたんだよ。だから潤ちゃんに教えてくれたんだよ、きっと」

自信を持ってそう言うと、潤は笑顔を引っ込めて、眉《まゆ》をひそめた。「大丈夫《だいじょうぶ》か？」というような顔だった。


〝ナジャカンは、王さまのお城にはやっぱり行けませんでした。何度も家の梯子《はしご》を上ったり下りたりして迷ったのですが、最後の勇気がどうしても出なかったのです。けれどもそのかわり、ある考えが浮《う》かびました。

「そうだ、研究所へ行こう」

研究所のみんなは今ごろお城へ行っているはずです。だから誰《だれ》もいないはず。誰もいない研究所で思いっきり数学の問題を解いてみようと思ったのです。おもしろそうな数学の本がたくさんあったことも知っています。あの本を開いてみたくてうずうずしました。ナジャカンは家を飛び出して、走っていきました。

ところが。

研究所には先客がいました。女の子です。女の子がひとりで分厚い本を開いて、難しい顔をしていました。

？

ナジャカンは大いに戸惑《とまど》いました。もしかしたら問題を解いていたのは自分ではなかったのかと思ったからです。自分が解いた問題を王さまが認めてくれたと喜んでいたけれど、この女の子が解いていたのだろうか。

「お、おまえが解いていたのか」

焦《あせ》って尋《たず》ねると、女の子は顔をあげて肩《かた》をすくめました。

「そんなわけないでしょ。私がこの世の中で算数がいちばん嫌《きら》いなのを知っているでしょう」

怒《おこ》ったように言いました。

「だってちっともわからないんだもの。算数はすごく意地悪だと思う」

ナジャカンは女の子をよくよく見つめました。その顔に見覚えがあったからです。ずっとずっと昔、どこかで会ったことがあるような気がします。

「私は本が好きなの。ここには本がたくさんあるって聞いてきたんだけど、ちっともわからない本ばっかりでがっかりしたわ」

女の子は言いました。それを聞いて、ナジャカンには思い出したことがありました。

ああ、そうだ。

「タンチャ」

ナジャカンが言うと、女の子は顔をあげました。

女の子はきっぱりと言いました。

「その呼び方はしないでって言ってるでしょう」

女の子はきっぱりと言いました。やっぱりそうです。昔そばにいた子でした。女の子はみんなから「とわちゃん」と呼ばれていました。だからナジャカンもそう呼ぼうと思いましたが、なぜか「タンチャ」になってしまうのです。そう呼ぶたびに、タンチャは嫌《いや》そうな顔をするので、いつしかナジャカンは話しかけないようにしたのです。

それでも大丈夫《だいじょうぶ》でした。なぜなら女の子は、いつも本を読んでいたからです。その隣《となり》でナジャカンも算数の問題を解いたり、地図をかいたりしていました。タンチャが本の世界に入《はい》り込《こ》んでいるので、ナジャカンも安心して算数の世界に入っていました。

「私の名前は、タンチャじゃなくて、とわ。おじいちゃんがつけてくれたんだから、ちゃんと呼んでください」

女の子が丁寧《ていねい》に言って、ナジャカンの胸には大事な人がよみがえりました。

「おじいちゃん」

大好きなおじいちゃんはいつも数学の問題を考えていました。そんなおじいちゃんと一緒《いっしょ》に数学を考えるのが、ナジャカンは大好きでした。

遠くに行ってしまったけれど、きっと今でもどこかで問題を解いているに違《ちが》いありません。

「そう。カンよりもっと大きな名前なんだから」

誇《ほこ》らしそうに言うタンチャの顔は、少しおじいちゃんに似ているとナジャカンは思いました。〟

謝辞

本作の執筆にあたり、公益財団法人数学オリンピック財団及び、武内先生には大変お世話になりました。また、九州大学の金子昌信教授、福岡県立修猷館高校で出会ったみなさまにも、心から感謝申し上げます。

本当にありがとうございました。

なお、文責は、ひとえに作者にございます。

まはら 三桃　　まはら みと

1966年、福岡県北九州市生まれ。2005年、「オールドモーブな夜だから」で第46回講談社児童文学新人賞佳作に入選し、翌年、『カラフルな闇』と改題して刊行。2011年に『おとうさんの手』（講談社）が、2016年に『白をつなぐ』（小学館）が読書感想画中央コンクール指定図書に選定される。『鉄のしぶきがはねる』（講談社）で2012年に第27回坪田譲治文学賞、2013年にJBBY賞を受賞した。2018年、『奮闘するたすく』（講談社）が青少年読書感想文全国コンクールの課題図書に選定される。他の著書に、『たまごを持つように』『風味さんじゅうまる』（ともに講談社）、『伝説のエンドーくん』『空は逃げない』（ともに小学館）、『思いはいのり、言葉はつばさ』（アリス館）などがある。

無限《むげん》の中心《ちゅうしん》で

2020年6月8日　第1刷発行
2021年6月1日　第3刷発行

著者……………………まはら三桃《みと》
発行者…………………鈴木章一
発行所…………………株式会社講談社
〒112-8001
東京都文京区音羽2-12-21
電話　編集　03-5395-3535
販売　03-5395-3625
業務　03-5395-3615
印刷所…………………株式会社新藤慶昌堂
製本所…………………株式会社若林製本工場
本文データ制作……講談社デジタル製作

KODANSHA

© Mito Mahara 2020 Printed in Japan

N.D.C. 913 254p 20cm ISBN978-4-06-519705-9

定価はカバーに表示してあります。

落丁本・乱丁本は、購入書店名を明記のうえ、小社業務あてにお送りください。送料小社負担にておとりかえいたします。なお、この本についてのお問い合わせは、児童図書編集あてにお願いいたします。

本書のコピー、スキャン、デジタル化等の無断複製は著作権法上での例外を除き禁じられています。本書を代行業者等の第三者に依頼してスキャンやデジタル化することは、たとえ個人や家庭内の利用でも著作権法違反です。


本書は、書きおろしです。

青春は、自分の手でつかみとる！

まはら三桃の
物語

弓道！

たまごを持つように

旋盤！

鉄のしぶきがはねる

鷹匠！

鷹のように帆をあげて

好評発売中

講談社